Una Voz en la Noche

Andrea Camilleri

UNA VOZ EN LA NOCHE

Traducción del italiano de
Carlos Mayor

salamandra

Título original: *Una voce di notte*

Ilustración de la cubierta: © Ferdinando Scianna/Magnum Photos/Contacto

Copyright © Sellerio Editore, Palermo, 2012
Copyright de la edición en castellano © Ediciones Salamandra, 2016

Publicaciones y Ediciones Salamandra, S.A.
Almogàvers, 56, 7º 2ª - 08018 Barcelona - Tel. 93 215 11 99
www.salamandra.info

ISBN: 978-84-9838-744-5
Depósito legal: B-4.070-2016

1ª edición, abril de 2016
Printed in Spain

Impresión: Romanyà-Valls, Pl. Verdaguer, 1
Capellades, Barcelona

Una Voz en la Noche

1

Se despertó cuando apenas eran las seis y media de la mañana, descansado, fresco y con la cabeza perfectamente despejada.

Se levantó, fue a abrir los postigos y echó un vistazo al exterior.

Un mar tranquilo, como una balsa, y un cielo sereno, celeste, con alguna que otra nubecilla blanca que parecía pintada por un pintor aficionado y puesta allí para adornar. Era, en definitiva, un día anónimo, y al comisario le gustó precisamente por esa falta de carácter.

Y es que hay días que imponen desde la primera luz del alba una personalidad fuerte, y uno no puede hacer más que dejar caer los hombros, rendirse y aguantar.

Volvió a acostarse. No tenía trabajo en la comisaría y podía tomarse las cosas con calma.

¿Había soñado?

En alguna revista había leído que se sueña siempre y que, si nos parece que no hemos soñado, es sencillamente porque lo olvidamos al despertarnos.

Y esa pérdida del recuerdo del sueño podía deberse también a la edad: lo cierto era que, hasta un momento determinado de su vida, nada más abrir los ojos le venían a la cabeza de inmediato los sueños de la noche anterior. Los veía pasar por delante, uno tras otro, como en el cine. Luego había tenido que empezar a esforzarse para recordarlos. Ahora simplemente se le olvidaban, y punto.

En los últimos tiempos, dormir era como hundirse en un globo más negro que la pez, privado de los sentidos y del cerebro. Casi como si fuera un cadáver.

¿Y eso qué significaba?

¿Que cada despertar tenía que considerarse como una especie de resurrección?

¿Una resurrección que, en su caso concreto, no se anunciaba con trompetas sino, en el noventa por ciento de las ocasiones, con la voz de Catarella?

Pero... ¿seguro que las trompetas tenían que ver con la resurrección?

¿O sonaban sólo para acompañar al Juicio Final?

Ahí estaban. ¿O acaso lo que oía en ese momento no eran trompetas, sino el timbre del teléfono?

Miró el reloj, sin decidirse a contestar o no. Las siete.

Hizo ademán de descolgar.

Sin embargo, en el preciso instante en que su mano derecha estaba ya posándose en el auricular, la izquierda, con voluntad propia, sin que nadie le hubiera ordenado nada, se dirigió hacia la clavija y la arrancó de la pared. Montalbano se quedó mirándola, un tanto extrañado. Cierto que no le apetecía oír la voz de Catarella anunciándole el homicidio del día, pero... ¿desde cuándo una mano podía comportarse de esa manera? ¿Cómo se explicaba ese gesto de independencia?

¿Era posible que, en las cercanías de la vejez, las distintas partes de su cuerpo adquirieran cierta autonomía?

En ese caso, resultaría problemático incluso andar, con un pie que quisiera ir en una dirección y el otro en la contraria.

Abrió la cristalera, salió al porche y se percató de que el pescador que todas las mañanas aparecía por allí, el señor Puccio, ya había vuelto a la orilla y acababa de terminar de amarrar la barca en la playa.

Bajó a la arena tal como iba, en calzoncillos, y se le acercó.

—¿Qué tal ha ido?

—*Dottori*, amigo mío, hoy en día los peces se quedan mar adentro. El agua cercana a la orilla está demasiado contaminada con nuestra porquería. Poca cosa he sacado.

Hundió una mano hasta el fondo de la barca y la levantó aferrando un pulpo de unos setenta centímetros.

—Se lo regalo.

Era una buena pieza, daría para cuatro personas.

—No, gracias. ¿Qué hago yo con eso?

—¿Cómo que qué hace? Pues comérselo a mi salud. Basta con hervirlo un buen rato. Pero tiene que decirle a su asistenta que primero hay que sacudirle con una vara para ablandarlo.

—Gracias de corazón, pero...

—Cójalo —insistió el señor Puccio.

Lo cogió y regresó hacia el porche.

A medio camino sintió un fuerte pinchazo en el pie izquierdo. El pulpo, que el comisario sostenía ya con cierta dificultad, se le resbaló y acabó en la arena. Maldiciendo su suerte, Montalbano levantó la pierna y se miró el pie.

Tenía un corte en la planta y estaba sangrando; se lo había hecho con la tapa de una lata de tomate oxidada que había tirado algún maricón hijo de perra.

¡Pues claro que los peces ni se acercaban! Las playas se habían convertido en sucursales de los vertederos, y la costa entera, en la desembocadura de las cloacas.

Se agachó, recogió el pulpo y echó a correr hacia su casa, renqueando. Tenía la antitetánica al día, pero siempre era mejor prevenir.

Se dirigió a la cocina, dejó el pulpo en el fregadero y abrió el grifo para quitarle la arena que se le había pegado. Luego abrió los postigos de par en par, se metió en el baño, se desinfectó la herida a conciencia con alcohol, entre grandes blasfemias por el escozor, y se puso una tira de esparadrapo.

Entonces sintió la necesidad urgente de un café.

En la cocina, mientras preparaba la cafetera, empezó a experimentar cierta desazón cuyo origen no supo explicarse.

Ralentizó los movimientos para tratar de entender el motivo.

Y, de pronto, tuvo una certeza: había dos ojos clavados en él. Alguien lo miraba fijamente por la ventana de la cocina.

Eran los ojos de alguien que no hablaba, alguien que lo observaba sin pronunciar palabra y que, por lo tanto, no podía tener buenas intenciones.

¿Qué hacer?

Lo primero era que el intruso no se percatara de que él se había dado cuenta. Silbando el *Vals de la viuda alegre*, encendió el fogón y puso encima la cafetera. Seguía notando aquellos ojos clavados en la nuca como los cañones de un fusil.

Tenía demasiada experiencia para no comprender que aquella mirada tan intensa, tan amenazadora, sólo podía ser de odio profundo, la mirada de alguien que quería verlo muerto.

Notó la piel de debajo del bigote empapada en sudor.

Lentamente, acercó la mano derecha a un gran cuchillo de cocina y lo aferró, apretando con fuerza el mango.

Si el intruso del otro lado de la ventana iba armado con un revólver, le dispararía en cuanto se diera la vuelta.

Pero no tenía elección.

Se volvió de repente y, al mismo tiempo, se lanzó al suelo, boca abajo.

Se hizo bastante daño y el impacto de la caída provocó el tintineo de los cristales del aparador y de los vasos que había dentro.

Sin embargo, no hubo ningún disparo porque al otro lado de la ventana no había nadie.

Claro que eso no quería decir nada, razonó el comisario. También podía ser que el otro fuera muy rápido de reflejos y, al ver que empezaba a moverse, se hubiera apartado de la vista.

Ahora era más que evidente que estaba acurrucado debajo de la ventana, esperando su siguiente movimiento.

Se dio cuenta de que el cuerpo, cubierto por completo de sudor, se le había pegado al suelo.

Empezó a incorporarse poco a poco, con los ojos clavados en el recuadro de cielo entre los postigos, preparado para saltar sobre el adversario y salir volando por la ventana directamente, como los policías de las películas americanas.

Cuando por fin estuvo en pie, un ruido repentino a su espalda lo sobresaltó. Enseguida comprendió que era el café, que empezaba a hervir.

Con cautela, dio un paso adelante y a la derecha.

Y entonces, en el extremo de su campo de visión, apareció el fregadero.

De golpe, se quedó helado.

Pegado con los tentáculos a la losa de mármol contigua al fregadero estaba el pulpo, inmóvil, mirándolo amenazador.

En un abrir y cerrar de ojos, a Montalbano se le antojó como una bestia enorme, de al menos dos metros de altura, dispuesta a lanzarse contra él.

Pero no hubo batalla.

El comisario soltó un fuerte grito de espanto, saltó hacia atrás, aterrorizado, se dio contra los fogones, volcó la cafetera, cuatro o cinco gotas ardientes le quemaron la espalda y, sin dejar de berrear como un poseso, salió corriendo de la cocina, recorrió el pasillo presa de un pavor incontrolable, abrió la puerta para salir huyendo de casa y arrolló a Adelina, que estaba a punto de entrar.

Cayeron los dos al suelo, entre gritos. Ella estaba más asustada que él, de verlo tan asustado.

—¿Qué ha pasado, *dutturi*? ¿Qué ha pasado?

Pero Montalbano no podía contestar. Era incapaz.

Allí tirado, en el suelo, le había entrado un ataque de risa tal que se le saltaban las lágrimas.

• • •

La asistenta no tardó nada en agarrar el pulpo y matarlo a golpetazos en la cabeza.

Montalbano se dio una ducha y luego se sometió al tratamiento de Adelina para las quemaduras de la espalda. Después se bebió el café, que hubo que hacer de nuevo, se vistió y se preparó para salir.

—¿Qué hago? ¿Vuelvo a enchufar el teléfono? —le preguntó Adelina.

—Sí.

Y el aparato sonó de inmediato. Contestó. Era Livia.

—¿Por qué no has contestado antes? —embistió.

—¿Antes? ¿Cuándo?

—Antes.

¡Virgen santa, qué paciencia hacía falta con esa mujer!

—¿Se puede saber a qué hora has llamado?

—Hacia las siete.

El comisario se preocupó. ¿Por qué lo había telefoneado tan temprano? ¿Qué podía haber sucedido?

—¿Por qué?

—¿Por qué qué?

¡Joder, qué diálogo!

—¿Por qué me has llamado tan temprano?

—Porque el primerísimo pensamiento que he tenido hoy, nada más abrir los ojos, ha sido para ti.

A Montalbano, a saber por qué, se le disparó al instante el resorte de la capciosidad, lo cual podía tener consecuencias desagradables.

—En otras palabras, eso me lleva a concluir que hay días en los que no me dedicas tu primer pensamiento —replicó con frialdad.

—¡Venga ya!

—No, me interesa de verdad. ¿Qué es lo primero que te viene a la cabeza cuando te levantas?

—Perdona, Salvo, ¿y si te hiciera yo la misma pregunta?

—Pero Livia no tenía intención de enzarzarse en una disputa y añadió—: No seas imbécil. Felicidades.

De repente, Montalbano se sumió en la angustia.

Siempre se olvidaba de las fechas señaladas, los aniversarios, los cumpleaños, los santos, las efemérides y demás chorradas. No había manera. Una niebla espesa.

Tuvo una iluminación repentina: seguro que era el aniversario de su larga relación. ¿Cuánto tiempo hacía que eran novios?

Dentro de poco, podrían celebrar el noviazgo de plata, si es que tal cosa existía.

—Lo mismo digo.

—¿Cómo que lo mismo dices?

Por la pregunta de Livia, comprendió que había metido la pata. ¡Qué manera de tocar las pelotas!

Sin duda debía de tratarse de algo que lo concernía personalmente en persona, pero ¿qué?

Mejor concluir enseguida la partida con un agradecimiento genérico.

—Gracias.

Livia se echó a reír.

—¡Ay, no, cariño! ¡Me has dado las gracias sólo para acabar de una vez! Me apuesto algo a que ni siquiera recuerdas qué día es hoy.

Era cierto. No tenía ni idea.

Por suerte, en la mesita de noche estaba el periódico del día anterior. Retorciendo el cuello, consiguió leer la fecha: 5 de septiembre.

—¡A ver, Livia, me parece que estás exagerando! Hoy es seis de... —Un rayo fulminante—. ¡Mi cumpleaños! —exclamó.

—¿Te das cuenta de lo que ha costado recordarte que hoy cumples cincuenta y ocho años? ¿Tenías un bloqueo mental?

—Pero... ¿cómo que cincuenta y ocho? ¿Qué dices?

—Perdona, Salvo, pero ¿no naciste en 1950?

—Exactamente. Hoy termino los cincuenta y siete años y entro en los cincuenta y ocho, que aún están enteritos por gastar. Tengo ante mí doce meses menos unas pocas horas, para ser exactos.

—Tienes una forma muy rara de contar.

—A ver, Livia, que esa forma me la enseñaste tú.

—¡¿Yo?!

—Sí, señora, cuando cumpliste los cuarenta y te...

—Eres un grosero —replicó ella.

Y colgó.

¡Virgen santa! ¡Apenas le quedaban dos años para ser un sesentón!

A partir de aquel momento, no subiría en ningún tipo de transporte público, por miedo a que algún crío, al verlo, se levantara y le cediera el asiento.

Luego recapacitó: podía seguir yendo en transporte público tranquilamente, porque lo de ceder el asiento a los ancianos era una costumbre que ya no se estilaba.

Ya no se respetaba a los ancianos, se los ridiculizaba y se los ofendía, como si quienes los ridiculizaban y los ofendían no estuvieran destinados a acabar también siendo viejos.

¿Y por qué se le pasaban por la cabeza esas consideraciones? ¿Quizá porque ya se sentía dentro de la categoría de los viejos?

De golpe y porrazo, se puso de un humor de perros.

Poco después de entrar en la provincial, a su velocidad acostumbrada, un coche que iba detrás de él empezó a dar bocinazos para pedir paso.

En aquel punto, la calzada se estrechaba porque había obras. Por otro lado, Montalbano circulaba a cincuenta, que era el límite máximo, puesto que ya estaban dentro del casco urbano de Vigàta.

Y por eso no se apartó ni un milímetro.

El coche de detrás se puso a dar bocinazos a la desesperada y luego, con una especie de rugido, se le acercó hasta casi rozarlo. Pero... ¿qué pretendía ese gilipollas? ¿Echarlo de la carretera?

El conductor, un treintañero, sacó la cabeza y le gritó:

—¡Vete al asilo, viejales! —Y, no contento con eso, agarró una gran llave inglesa y la agitó hacia el comisario diciendo—: ¡Con esto te aplastaría el cráneo, cadáver ambulante!

Montalbano no podía reaccionar de ningún modo, bastante trabajo le daba mantener el coche en la calzada.

Al cabo de un segundo, el coche del treintañero, un potente BMW, dio un salto y desapareció en un abrir y cerrar de ojos, tras adelantar con temeridad la hilera de vehículos que Montalbano tenía delante.

El comisario formuló el deseo de que se despeñara por un barranco. Y, para ir sobre seguro, deseó también que luego el coche se incendiara.

Pero... ¿cómo había acabado así el país? En los últimos años parecía que habían retrocedido varios siglos; quizá, si le quitaba la ropa a aquel individuo, debajo se encontraría la piel de oveja de los hombres primitivos.

¿Por qué tanta intolerancia mutua? ¿A santo de qué ya nadie soportaba al vecino ni al compañero de trabajo, y quizá tampoco al de pupitre?

Después de las primeras casas del pueblo había una gasolinera bastante grande. Y allí volvió a ver al del BMW, que había parado a repostar.

Se planteó seguir adelante, no tenía necesidad inmediata de gasolina, pero acabó cambiando de idea. Ganó el resentimiento, las ganas de darle su merecido.

Aceleró, hizo una maniobra en medio de la gasolinera y fue a detenerse justo con el morro del coche casi pegado al del BMW.

El treintañero había pagado y había arrancado ya el motor, pero no podía avanzar, porque el coche de Montalbano se lo impedía.

Y tampoco podía dar marcha atrás, porque ya se había puesto otro vehículo a esperar su turno.

El joven dio un bocinazo e hizo un gesto a Montalbano para que se apartara.

El comisario fingió que no podía arrancar.

—¡Dígale que tengo que salir! —gritó entonces el otro al encargado de la gasolinera.

Sin embargo, éste, como había reconocido a Montalbano, que era cliente suyo, hizo ver que no lo había oído, descolgó la manguera del surtidor y fue a atender al otro coche.

Loco de rabia, babeando con furia, el treintañero bajó y se acercó a Montalbano con la llave inglesa en la mano. La levantó por los aires y luego la bajó con todas sus fuerzas.

—¡Ya te he dicho que te partiría el cráneo!

En lugar del cráneo, el porrazo fue a resquebrajar la ventanilla. El jovencito volvió a subir el brazo y se quedó helado.

Dentro del coche, sentado tranquilamente detrás del volante, el comisario lo apuntaba con un revólver.

El agente Gallo, avisado por el encargado de la gasolinera, no tardó ni diez minutos en llegar. Esposó al treintañero y lo metió en el coche de servicio.

—Enciérramelo en un calabozo de seguridad. Que sople y luego hazle los demás análisis.

Gallo se marchó como un rayo. Cuando iba al volante, le gustaba correr.

Al llegar a la comisaría, Catarella se abalanzó sobre él emocionado y con el brazo tendido, como siempre hacía en aquella fecha señalada.

—¡Muchas, muchísimas felicidades de todísimo corazón! ¡Larga vidísima y sanísima y felicísima, *dottori*!

Montalbano primero le estrechó la mano, pero luego, movido por un impulso repentino, le dio un fuerte abrazo. A Catarella se le saltaron las lágrimas.

Cuando Montalbano llevaba tres minutos sentado en su despacho, se presentó Fazio.

—*Dottore*, una sincera felicitación de mi parte y también de la comisaría entera —dijo.

—Gracias. Siéntate.

—No puedo, *dottore*. Tengo que reunirme con el *dottor* Augello, que por cierto me ha pedido que lo felicite de su parte, en Piano Lanterna.

—¿Y eso?

—Esta noche ha habido un robo con fuerza en un supermercado.

—¿Han robado algún detergente?

—No, *dottore*. Se han llevado todo lo que había en la caja, que por lo visto era una buena cantidad.

—Pero... ¿la caja no la llevan al banco todos los días al cerrar?

—Sí, señor, pero ayer no.

—Está bien, ve para allá, nos vemos luego.

—Si usía no tiene nada mejor que hacer, le traigo unos papeles para firmar.

¡No, las firmas no! ¡El día de su cumpleaños, no!

—Vamos a dejarlo para otro día.

—Pero, *dottore*, ¡algunos de esos documentos ya llevan un mes de retraso!

—¿Los ha reclamado alguien?

—No, señor.

—¿Y, entonces, a qué viene tanta prisa? Un día más, un día menos, la situación no cambia.

—¡*Dottore*, dese cuenta de que, si se entera el ministro de la Reforma Burocrática, se le tira al cuello!

—El ministro quiere agilizar la inutilidad, la superfluidad del recorrido improductivo de documentos que, en el noventa por ciento de los casos, no sirven para nada.

—Pero un funcionario no debe juzgar si los documentos sirven o no. Sólo tiene que firmarlos, y punto.

—Ah, ¿y un funcionario qué es, un robot? ¿Acaso no tiene cerebro para pensar? El funcionario, que es consciente de que esos documentos no sirven para nada, ¿por que tendría que perder el tiempo?

19

—Según usía, ¿qué habría que hacer?

—Abolir la inutilidad.

—*Dottore*, yo creo que eso es imposible.

—¿Y por qué?

—Porque la inutilidad es una parte intrínseca del hombre.

Montalbano lo miró estupefacto. Estaba descubriendo a un filósofo en Fazio, que insistió:

—*Dottore*, hágame caso: ¿no es mejor que esos papeles se los quite de encima poco a poco? ¿Le traigo unos veinte? En cosa de media hora se habrá librado de ellos.

—Está bien, pero que sean diez.

2

Apenas había terminado de firmar los papeles cuando sonó el teléfono.

—*Dottori*, parece ser que tengo al abogado Nullo Farniente, que quiere hablar con usía personalmente en persona.

—Pásamelo.

—No puedo, en tanto en cuanto que resulta que el susodicho abogado se encuentra ya *in situ, dottori*.

—Bueno, pues mándalo a mi despacho. Ah, espera, ¿estás seguro de que se llama Nullo Farniente?

—Así mismamente, *dottori*. Nullo Farniente. Puede poner la mano en el fuego, *dottori*.

—Mejor ponla tú, Catarè.

El hombre que entró debía de tener la misma edad que él, pero era un individuo alto, enjuto y elegante, de aire reservado. Lo único que iba en su contra era que debía de haberse echado por encima medio litro de una colonia dulzona que daba ganas de vomitar.

—¿Me permite? Soy el abogado Nullo Manenti.

Se dieron la mano.

¡Suerte que el abogado no le había dado tiempo a abrir la boca! Si no, lo habría llamado «Nullo Farniente» y seguro que la cosa habría acabado mal.

—Póngase cómodo y discúlpeme un momento.

Se levantó y fue a abrir la ventana. En caso contrario, se habría visto obligado a permanecer en apnea constante. Aspiró una bocanada de aire envenenado por los gases de los tubos de escape que, a pesar de todo, era mejor que aquella colonia. Volvió a sentarse.

—Dígame.

—He venido por lo de mi cliente.

Montalbano se sorprendió.

—¿Qué cliente?

—Giovanni Strangio.

—¿Y ése quién es?

—¿Cómo que quién es? Pero ¡si lo ha detenido usted personalmente hace cosa de una hora!

Todo aclarado: el cliente del abogado era el treintañero furioso. Pero... ¿quién lo había avisado?

—Perdone, pero ¿cómo se ha enterado de que...?

—Me ha llamado el propio Strangio.

—¿Desde dónde?

—¡Pues desde aquí! ¡Desde el calabozo de seguridad! Con el móvil.

Por lo visto, a Gallo no se le había ocurrido requisárselo. Montalbano se prometió darle un buen rapapolvo.

—Mire, abogado, a su cliente aún no lo he interrogado. —Descolgó el teléfono—. Catarella, mándame a Gallo.

En cuanto llegó el agente, le preguntó:

—¿Ya le has hecho pasar por el alcoholímoto?

—¿Quiere decir «alcoholímetro», *dottore*?

—Lo que sea.

Por un momento, tuvo la impresión de que se había transformado en Catarella.

—Negativo, *dottore*.

—¿Y las demás pruebas?

—Se le ha extraído sangre. Las están haciendo en Montelusa.

—¿Carnet, permiso e impuesto de circulación, todo en orden?

—Sí, señor, todo en orden.

—Muy bien, puedes retirarte. Ah, una cosa: ¿le has requisado el móvil?

Gallo se dio un manotazo en la frente.

—¡Maldita sea!

—Quítaselo. Luego hablamos tú y yo.

Gallo salió del despacho.

—Ya verá que el análisis toxicológico también dará negativo —aseguró el abogado.

—¿Por qué lo dice?

—Porque conozco a mi cliente. No toma estupefacientes ni los ha tomado nunca.

—¿Está ya estupefacto por sí solo? —preguntó el comisario.

El abogado se encogió de hombros.

—¿Sabe? Resulta que a mi cliente estas historias no le vienen de nuevo.

—¿Quiere decir que trabaja a menudo con la llave inglesa?

El abogado volvió a encogerse de hombros.

—No está muy bien de la cabeza...

No había nada que hacer: a pesar de la ventana abierta, la colonia había empezado a concentrarse con intensidad en la habitación. Montalbano estaba poniéndose nervioso. Quizá por eso se le escapó una frase un pelín exagerada.

—¿Se da usted cuenta de que ese tal Strangio es un asesino en potencia? ¿Un futuro pirata de la carretera? ¿De esos que ni siquiera se paran para socorrer a los que han atropellado?

—Comisario, me parece que está utilizando palabras un poco gruesas.

—Pero ¡si usted mismo acaba de decirme que se le va la cabeza!

—¡De eso a llamarlo asesino hay un trecho, comisario! Mire, le hablo con el corazón en la mano. Tener a alguien como Giovanni Strangio de cliente no me hace ninguna gracia.

—¿Y, entonces, por qué lo tiene?

—Porque soy el abogado de su padre, quien me ha rogado que...

—¿Y quién es su padre?

—El *dottor* Michele Strangio, el presidente de la provincia.

Montalbano entendió de pronto unas cuantas cosas.

La primera fue por qué a alguien que estaba mal de la cabeza todavía no le habían quitado el carnet de conducir, como mínimo.

—He venido —continuó el abogado— a rogarle que le eche tierra encima a este asunto.

—Yo a ese individuo le echo tierra encima a paladas, si hace falta. ¿Me explico?

Pero ¿qué gilipolleces estaba diciendo? ¿Era posible que aquella colonia le paralizara el sentido común?

—Si hace borrón y cuenta nueva —insistió Nullo Manenti—, nosotros, por nuestra parte, nos olvidamos de la provocación.

—¿De qué provocación?

—La suya. En la gasolinera. Ha sido usted quien le ha cerrado el paso deliberadamente con su coche. Entonces mi cliente ha perdido los papeles y...

Eso era cierto. ¡Qué buena idea había tenido cuando se le había ocurrido buscar bronca con el treintañero! No quedaba más remedio que defenderse disparando una buena sarta de embustes. Pero antes tenía que tranquilizarse. Se levantó, se dirigió a la ventana, se envenenó lo suficiente los pulmones y volvió a sentarse.

—¿Su cliente sólo le ha contado eso?

—¿Hay más?

—¡Desde luego que hay más! Para empezar, por mi parte no ha habido la más mínima provocación. En ese momento, me he dado cuenta de que no me quedaba gasolina y me he equivocado al hacer la maniobra para entrar en la gasolinera. Quería quitarme de en medio, pero al coche no le ha dado la gana de arrancar. Es un vehículo muy viejo, la verdad. Dicho esto, ¿su cliente no le ha confesado que cinco minutos antes había intentado echarme de la calzada?

El abogado sonrió.

—Para el episodio de la gasolinera hay un testigo. El encargado.

—Pero el encargado sólo podrá testificar que tenía el coche parado. ¡Desde luego, no podrá decir que yo lo haya hecho intencionadamente! ¡Y sepa que también hay dos testigos del intento de echarme de la calzada!

—¿En serio?

La pregunta del abogado tenía un tono un tanto irónico, así que Montalbano decidió soltar un farol de campeonato. Mirándolo a los ojos, abrió el cajón de su mesa, sacó dos hojas al azar y empezó a leer una:

—Yo, Antonio Passaloca, hijo de Carmelo y de Agata, de soltera Conigliaro, nacido en Vigàta el 12 de septiembre de 1950 y residente en ese municipio, en la via Martiri di Belfiore, número 18, declaro lo siguiente: esta mañana, hacia las nueve, mientras me dirigía a Vigàta por la carretera provincial...

—Es suficiente.

El señor abogado se lo había tragado. Montalbano volvió a guardar los papeles en el cajón. ¡Se había salido con la suya!

Nullo Manenti soltó un suspiro y probó por otro camino.

—De acuerdo. Retiro lo de la provocación.

El abogado se incorporó entonces un poco en la silla y apoyó los brazos en la mesa, echándose hacia delante. Y con ese movimiento, una vaharada de colonia se introdujo en las narices de Montalbano, le llegó a la boca del estómago e hizo que le subiera una arcada a la garganta.

—Pero le ruego, comisario, que trate de ser comprensivo. Entenderá usted que, si no lo somos nosotros, que ya tenemos una edad, no sé dónde...

Había dicho justo lo que no tenía que decir. Entre aquella alusión a la vejez y el espasmo de vómito, Montalbano perdió los nervios. Se puso en pie de un salto, con la cara colorada como la de un pavo.

—¿Que sea comprensivo? ¿Que ya tengo una edad? ¡Yo hago que a su cliente le caiga la pena máxima! ¡Le meto la pena máxima!

El abogado se levantó, preocupado.

—Comisario, ¿se encuentra bien?

—¡Estupendamente! ¡Ahora verá cómo me encuentro!

Abrió la puerta y pegó un grito:

—¡Gallo!

El agente llegó a la carrera.

—Coge al del calabozo y llévatelo a la cárcel de Montelusa. ¡Andando! —Y acto seguido, dirigiéndose al abogado, añadió—: Usted no tiene nada más que hacer aquí.

—Buenos días —contestó escuetamente Nullo Manenti, y salió del despacho.

Montalbano dejó la puerta abierta para ventilarlo un poco.

Luego se sentó y se puso a escribir la denuncia. Incluyó una decena de posibles delitos. A continuación, la firmó y se la mandó al fiscal.

Giovanni Strangio iba servido.

Hacia las doce, recibió una llamada.

—*Dottori?* Parece que tengo al *siñor* Porcellino, que quiere hablar con usted personalmente en persona.

Montalbano no se fió.

—¿Vas a por la segunda, Catarè?

—¿Cuál ha sido la primera, *dottori?*

—La primera ha sido que el abogado no se llamaba Nullo Farniente, sino Nullo Manenti.

—¿Y yo qué le he dicho? ¿No le he dicho «Nullo Farniente»?

¿Era posible razonar con un hombre así?

—¿Estás seguro de que Porcellino se llama así?

—Segurísimo, *dottori.* La mano en el fuego.

—¿Te ha dicho qué quería?

—No me lo ha dicho, pero por la voz me ha parecido muy enfadado. Como un *lión escuatorial*, *dottori*.

Sintió unas ganas enormes de no coger la llamada, pero venció el sentido del deber.

—Montalbano al aparato. Dígame, señor Porcellino.

—¡¿Porcellino?! ¿Ahora también se pone usted a darme por culo? —dijo el otro, furioso—. ¡Me llamo Borsellino! ¡Guido Borsellino!

Se acabó. Tenía que aprender a no fiarse jamás, ni por un solo instante, de Catarella, que siempre trabucaba los nombres.

—Lo lamento muchísimo, perdone, nuestro telefonista lo habrá oído mal. Dígame.

—¡Me están haciendo acusaciones increíbles! ¡Me están tratando de ladrón! ¡Exijo de usted, que es su superior, disculpas inmediatas!

¿Disculpas? Montalbano se puso como una moto al instante, como si hubiera arrancado a propulsión.

—Mire, señor Por... Borsellino, vaya a refrescarse un poquito, tranquilícese y luego llámeme otra vez.

—Pero si no...

Y colgó.

No habían pasado ni cinco minutos cuando volvió a sonar el teléfono. Esa vez era Fazio.

—Disculpe, *dottore*, pero...

Era evidente que le costaba hacer aquella llamada.

—Dime.

—¿Podría venir al supermercado?

—¿Y eso?

—Es que el director está montando un lío de padre y muy señor mío porque el *dottor* Augello le ha hecho algunas preguntas que no le han gustado. Dice que sólo habla en presencia de su abogado.

—Oye, ¿el director no será un tal Borsellino?

27

—Sí, señor.

—Acaba de llamar para tocarme los cojones.

—¿Y qué, *dottore*? ¿Viene?

—Estoy allí dentro de diez minutos.

Mientras se dirigía a Piano Lanterna se acordó de que en el pueblo se decía a media voz que la empresa propietaria de aquel supermercado era una tapadera, porque en realidad los que habían puesto el dinero eran de la familia Cuffaro, que se repartía con la familia rival, los Sinagra, los asuntos mafiosos de Vigàta.

En la zona se habían levantado cuatro horrendos rascacielos enanos o, mejor dicho, cuatro abortos de rascacielos, para alojar a la población del centro del pueblo, que se había trasladado casi por completo a aquel altiplano.

En otros tiempos, a juzgar por algunas fotografías antiguas que había visto y por lo que le había contado el director Burgio, viejo amigo suyo, Piano Lanterna consistía en dos hileras de casitas que flanqueaban el camino del cementerio, y en las inmediaciones sólo había amplios espacios utilizados para la petanca y el fútbol, excursiones familiares, duelos y enfrentamientos épicos entre familias rivales.

Ahora era un mar de cemento, una especie de casba dominada por rascacielos de pega.

El supermercado estaba cerrado y el policía que montaba guardia en la entrada lo acompañó al despacho del director.

Mientras pasaba vio a Fazio, que interrogaba a unas cuantas empleadas, y en el despacho se encontró a Mimì Augello, sentado en una silla delante de un escritorio, tras el cual se hallaba un cincuentón muy flacucho, completamente calvo y con unas gafas de culo de botella.

El hombre estaba agitadísimo y, en cuanto vio entrar al comisario, se puso en pie de un salto.

—¡Quiero a mi abogado!

—¿Has acusado de algo al señor Borsellino? —preguntó Montalbano a su subcomisario.

—No lo he acusado de nada —respondió Mimì, tan campante—. Sólo le he hecho dos o tres preguntas sencillas, y el hombre...

—¡Preguntas sencillas, dice! —exclamó Borsellino.

—...se ha molestado. Además, quien nos ha llamado para denunciar el robo ha sido él.

—¿Y cuando alguien los llama para denunciar un robo, se sienten obligados a acusar a la víctima de ser el ladrón?

—Yo no he dicho nada de eso —replicó Mimì—. A esa conclusión ha llegado usted solito.

—¿Y qué otra cosa podía hacer?

—A ver, un momento, por favor —pidió Montalbano—. Explíquenmelo brevemente. Señor Borsellino, repítame lo que le ha dicho al *dottor* Augello. ¿Cómo ha descubierto el robo?

Antes de hablar, Borsellino tomó aire para calmarse un poco.

—Ayer por la noche, como había sido un día de grandes descuentos en una serie de productos, había bastante dinero en efectivo.

—¿Cuánto?

El señor Borsellino miró una hoja que tenía encima del escritorio.

—Dieciséis mil setecientos veintiocho euros con treinta céntimos.

—Ya. ¿Y qué suele hacer usted con la caja del día? ¿Va a hacer un depósito todas las noches al cajero que tiene aquí al lado?

—Desde luego.

—¿Y por qué ayer no lo hizo?

—¡Madre de Dios! ¡Ya se lo he explicado a este señor de aquí! ¿Cuántas veces tengo que repetirlo?

—Señor Borsellino, ya le he dicho por teléfono que se tranquilizara. Por su propio bien.

—¿Y con eso qué quiere decir?

—Que los nervios son malos consejeros. No vaya a ser que la ansiedad le haga decir algo que no le interese.

—¡Por eso precisamente quiero a mi abogado!

—Señor Borsellino, nadie está acusándolo de nada, así que no necesita ningún abogado. ¡No sea ridículo! ¿Sabe qué le digo?

El comisario no lo soltó de inmediato. Se puso a estudiar el sello de un sobre que había encima del escritorio.

—¿Qué? ¿Qué me dice? —preguntó el director.

Montalbano dejó el sobre y lo miró a los ojos.

—A mí, más que enfadado por el robo, usted me parece asustado.

—¡¿Yo?! ¿De qué?

—No sé, es una impresión. ¿Avanzamos? ¿O mejor seguimos en comisaría?

—Avanzamos.

—Le había preguntado por qué no hizo el ingreso.

—Ah, sí. Bueno, cuando llegué al cajero me encontré un cartel que decía «No funciona». ¿Qué iba a hacer? Volví, metí el dinero en este cajón del escritorio, lo cerré con llave y me fui a casa. Esta mañana, más o menos una hora después de llegar, no lo recuerdo bien, me he dado cuenta de que habían forzado el cajón y robado el dinero. ¡Y entonces he llamado a su comisaría para conseguir este resultado tan estupendo!

Montalbano se volvió hacia Augello.

—¿Has llamado al banco?

—Pues claro. Me han dicho que ayer el cajero de aquí al lado funcionaba perfectamente, y que no saben nada de un cartel que indicara que estuviera estropeado.

—¡Juro por el alma bendita de mi madre que el cartel estaba allí! —exclamó Borsellino.

—No lo pongo en duda —contestó Montalbano.

El otro se sorprendió.

—¿Me cree?

El comisario no contestó. En vez de eso, se puso a inspeccionar el cajón, que tenía la cerradura forzada. No debía de haberles costado demasiado abrirlo, habría bastado una horquilla.

En el interior, encima de unas cuantas facturas, había treinta céntimos.

—A ver, ¿qué preguntas le has hecho al señor Borsellino para que se ponga así? —le preguntó Montalbano a Augello.

—Pues sencillamente le he pedido que, teniendo en cuenta que nadie más que él sabía que el dinero se encontraba en el cajón, y considerando además que no existen indicios de que se hayan forzado las puertas del supermercado, me explicara exactamente cómo habían podido entrar los ladrones, en su opinión, y cómo se habían enterado de que no había ingresado el dinero, sino que lo había dejado aquí.

—¿Y ya está?

—Ya está, ni una palabra más, ni una palabra menos.

—¿Y usted se ha puesto hecho un basilisco por una pregunta tan normal? —le dijo Montalbano a Borsellino.

—¡Es que no me he molestado sólo por sus palabras, sino por la miradita! —aseguró el director.

—¡¿La miradita?!

—¡Sí, señor, la miradita! Mientras me lo preguntaba, me miraba como diciendo: «Yo ya sé que has sido tú, a mí no me la das con queso.»

—Ni por asomo —dijo Augello—. Esa miradita la ha soñado él.

El comisario puso un aire episcopal, clavadito al del buen pastor.

—¿Lo ve, señor Borsellino? Está usted demasiado nervioso. Es natural que el robo lo haya sobresaltado, pero no debe dejarse impresionar hasta tal punto. Está usted alterado y tiende a malinterpretar cualquier palabra, cualquier gesto, hasta los más inocentes. Trate de conservar la calma y conteste a esta pregunta: ¿quién tiene las llaves del supermercado?

—Yo.

—¿No hay copias?

—Sí, una. Pero la guarda el consejo de administración de la empresa.

—Entendido. ¿Usted cómo se lo explica?

—¿El qué?

—Que no existan indicios de que se hayan forzado las puertas.

—Ni idea.

—Le hago la misma pregunta formulada de otro modo. ¿Es posible que, para entrar, los ladrones hayan utilizado una copia de las llaves?

Antes de contestar, el director se lo pensó un poco.

—Bueno, sí.

—¿La que tiene el consejo de administración?

3

Ante esa pregunta, Borsellino dio literalmente un bote en la silla. Se había quedado pálido como un cadáver. Empezaron a temblarle las manos.

Se dio cuenta enseguida y se las metió en los bolsillos.

—¡¿Quién ha dicho eso?!

—¿Cómo que quién ha dicho eso? ¡Usted!

—¡No, señor, yo no lo he dicho! ¡No lo he dicho! ¡El señor Augello es testigo!

—A mí no me dé vela en este entierro —replicó Mimì—, porque coincido al cien por cien con el comisario: acaba de decirlo usted mismo.

—¡Ustedes lo que quieren es verme muerto! —gritó Borsellino, que de repente sudaba como si estuviera bajo el sol de agosto—. Lo que he dicho es que sí, quizá se habían hecho con una copia de las llaves, pero desde luego no me refería a la del consejo de administración, ¡sino a otra!

—¡Entonces ha declarado en falso al decir que existía una sola copia de las llaves, cuando en realidad había al menos dos! —exclamó Montalbano.

Borsellino sacó una mano del bolsillo y se la llevó a la frente, como si le doliera mucho la cabeza.

—¡No, no y otra vez no! ¡Ustedes quieren volverme loco! ¡Pretenden condenarme a muerte! ¡Les digo y les repito que los ladrones pueden haber utilizado una copia que se hayan hecho ellos mismos por su cuenta!

—Perdone que insista —dijo Montalbano—, pero para hacer una copia se necesita un original. Tiene sentido, ¿no? Y ahí no hay vuelta de hoja: esa llave original... o se la dio usted, o se la dio algún miembro del consejo de administración. ¿Qué me dice?

—¡Que quiero a mi abogado!

Montalbano soltó un resoplido de aburrimiento.

—Bueno, Mimì, podemos irnos, aquí ya no tenemos nada que hacer.

Augello se levantó sin decir palabra.

Borsellino, por su parte, los miró sorprendido por un momento y luego protestó:

—Pero... ¿cómo? ¿Por qué?

—Señor Borsellino... —contestó Montalbano, mirándolo a los ojos durante unos segundos sin añadir nada más—, yo a usted sinceramente no lo entiendo. Primero quería un abogado, ¿y ahora se queja de que queramos irnos? Entiendo perfectamente que nuestra presencia lo tranquilice, pero, lo siento, no podemos entretenernos más. Andando, Mimì.

Sin embargo, Borsellino no tenía la más mínima intención de soltarlo.

—Perdone, pero... ¿puede explicarme por qué debería tranquilizarme su presencia?

Montalbano levantó los ojos hacia el cielo.

—¡Señor Borsellino, con usted hace falta una paciencia de santo! Acaba de acusarnos de querer condenarlo a muerte. Y es muy evidente que está asustado. Me he limitado a sumar dos y dos; es decir, que mientras estemos aquí nadie podrá hacerle nada. ¿Me explico?

—¿Y qué pretenden hacerme, según usted?

El tal Borsellino estaba confuso, pasaba del miedo al desafío una y otra vez. No parecía tener muy claro qué le convenía.

—A ver —continuó el comisario—. Ha presentado una denuncia formal, ¿no?

—Sí, pero...

—Y supongo que ha avisado ya al presidente de la empresa de que ha habido un robo.

—Aún no.

Montalbano pareció verdaderamente sorprendido.

—¡Ay, ay, ay! Me deja usted de piedra.

—¿Y eso por qué?

—Pues porque es lo primero que tendría que haber hecho. Antes incluso de llamarnos a nosotros.

—Voy a hacerlo en cuanto...

—Cuidado, que puede ser demasiado tarde. Retrasar el momento de las explicaciones no sirve de nada.

El otro volvió a palidecer a ojos vistas.

—Pero ¡si los he llamado a ustedes de inmediato!

—Pero nosotros no somos ellos, ¿a que me entiende?

Borsellino se puso aún más pálido y se le intensificó el temblor de las manos.

—Eh... Ellos, ¿quiénes son ellos?

—Ésos —dijo el comisario, evasivo—. Sabe perfectamente a quiénes me refiero. Ésos le plantearán preguntas que harán que las de mi compañero le parezcan chistes, simples ocurrencias.

Borsellino sacó un pañuelo del bolsillo y se secó el sudor que le empapaba la frente. Tenía las gafas empañadas y había empezado a gotearle la nariz.

Montalbano decidió apretarle las tuercas.

—Y ésos, no le quepa ninguna duda, no van a dejarle llamar a ningún abogado.

Soltó una risita de hiena hambrienta en el desierto y continuó:

—Como mucho le permitirán llamar a un cura para que le dé la extrema unción. No lo envidio, señor Borsellino. Buenos días.

Y de nuevo hizo ademán de marcharse.

—Eh... espere —resopló Borsellino, al tiempo que se derrumbaba sobre la silla—. Le juro por el alma santa de mi madre que yo no he robado la...

—¡Huy, le aseguro que eso lo sé perfectamente! —exclamó el comisario—. ¡Estoy convencido! No es tan idiota como para ir robando el dinero de los Cuffaro. Pero sí parece que le facilitó las cosas al ladrón. Que sin duda no es un ladrón común, porque los ladrones saben que no se roba a los Cuffaro: se trata de alguien que ha podido coger sin problemas la otra llave, la copia que guarda el consejo de administración; de alguien que dispuso de ella durante una hora, la duplicó y luego volvió a dejarla en su sitio sin que nadie se percatara. En otras palabras, uno de la familia que probablemente tenía una necesidad económica urgente y que se ha apoderado de una parte del dinero de la empresa. Un traidor. Y que tendrá el mismo fin que todos los traidores de la familia.

Borsellino, con la cabeza hundida sobre el pecho, trataba de contener las lágrimas.

—Adiós, muy buenas —se despidió Montalbano, y salió del despacho.

—Mi más sincera felicitación, maestro, ha sido un interrogatorio de manual —le soltó Augello en cuanto estuvieron fuera—, pero ¿se puede saber por qué no has seguido? Si ya estaba a punto de caramelo.

—En primer lugar, porque me ha dado pena. Y en segundo lugar, porque el nombre de quien lo ha obligado a hacer lo que ha hecho no me lo habría dado en la vida, ni bajo tortura.

Fazio se reunió con ellos.

—¿Ha confesado?

—No, pero ha estado a puntito.

—A saber cómo lo habrán obligado —comentó Augello.

—Probablemente, chantajeándolo. Fazio, entérate de todo lo que puedas sobre ese Borsellino.

—A ver —dijo Mimì—, hay una cosa que no me cuadra.

—¿El qué?

—¿Por qué utilizar una copia de la llave? Si el ladrón se molestó en poner el cartel falso en el cajero y en forzar el cajón, ¿por qué no forzó también la cerradura de la calle, ya puestos? En lugar de eso, actuó de un modo que nos ha hecho pensar enseguida en la llave del consejo de administración y en la complicidad del director. ¡Ha sido un error enorme!

Montalbano lo miró fijamente.

—¿Tú crees que ha sido un error?

Augello abrió los ojos de par en par.

—¿Tienes otra idea?

—Sólo media, para ser exactos.

—¿De qué se trata?

—Se trata de que la cerradura sin forzar también ha sorprendido al director. No se lo esperaba. El acuerdo al que había llegado con el ladrón incluía, sin duda, que la cerradura externa del supermercado estuviera rota. Por eso está tan asustado.

—¿Y eso qué quiere decir?

—Todavía no lo sé. Hasta luego, me voy a comer. Os veo por la tarde.

—¿Cómo me viene a estas horas? —le preguntó Enzo, el dueño de la *trattoria*, al verlo llegar.

Al comisario se le cayó el alma a los pies.

—¿No queda nada? ¿Se lo han comido todo?

—Tranquilo, *dottore*. Para usía siempre hay comida.

Entremeses de marisco (doble ración), pasta con salsa de erizos de mar (ración y media) y salmonetes de roca a la sal (seis piezas bastante grandes).

Pidió la cuenta. Se había regalado un almuerzo especial de cumpleaños. Y entonces, cuando ya se levantaba, vio llegar a Enzo con un pastel pequeñito, individual.

—Quería felicitarlo personalmente, *dottore*.

Comprendió que no podía hacerle un feo, que debía comerse el pastelito, aunque acabara estropeándole el maravilloso sabor de los salmonetes.

El buen humor, por otro lado, ya se lo habían estropeado las dos velas en forma de número que, clavadas en el pastel, formaban un miserable cincuenta y ocho.

Por lo visto, Enzo contaba como Livia.

De modo que el paseo hasta el muelle le sirvió no sólo para hacer la digestión, sino también para que se le pasara el agobio que le había provocado el numerito en cuestión.

Nada más sentarse en su despacho, apareció Gallo.

—*Dottore*, quería informarle con respecto a Giovanni Strangio.

—Dime.

—Usía me ha ordenado trasladarlo a la cárcel de Montelusa, pero en cuanto me he presentado allí me han dicho que tenía que llevarlo ante el fiscal.

—¿Quién es el fiscal?

—El *dottor* Seminara.

Montalbano torció el gesto. Era bien sabido que el fiscal Seminara se mostraba muy sensible a las presiones de determinado partido. Evidentemente, el abogado Nullo Manenti lo había puesto sobre aviso.

—¿Y qué ha hecho?

—Lo ha puesto en libertad al momento.

—Pero... ¿ha leído lo que he escrito?

—Sí, señor, por supuesto. Tenía el papel encima de la mesa.

—¿Y, a pesar de mi denuncia, lo ha soltado?

Gallo se encogió de hombros.

—Muy bien, gracias.

Montalbano decidió al instante no darle más vueltas. Se dijo que el siguiente muerto a manos de Strangio caería sobre la conciencia del *dottor* Seminara, y punto.

Aún estaba saliendo Gallo cuando sonó el teléfono.

—¡Ah, *dottori*! ¡Ah, *dottori, dottori*!

La letanía habitual de Catarella cuando telefoneaba el «*siñor* jefe *supirior*», como lo llamaba él.

—Dile que no estoy.

—Pero, *dottori*, ¡si viera lo cabreado que está!

—Pues tú cabréalo aún más.

—¡Virgen santa, *dottori*, que ése se me come vivo por el hilo *tilifónico*!

Fazio volvió hacia las seis de la tarde.

—¿Qué has descubierto de Borsellino?

El inspector jefe se sentó, metió una mano en el bolsillo y sacó un papelito.

—Te advierto —dijo el comisario— que si me lees de ese papelito la filiación y la fecha y el lugar de nacimiento de Borsellino, te lo quito de las manos, hago una pelotita con él y te obligo a comértela.

—Como quiera usía —contestó Fazio, entre resignado y ofendido.

Lo dobló y volvió a guardárselo en el bolsillo.

Fazio sufría lo que el comisario denominaba «complejo de registro civil». Si por ejemplo le pedía que se enterase simplemente de qué había hecho un individuo a las once de la mañana del día anterior, Fazio, en su informe, empezaba por la fecha de nacimiento del sujeto en cuestión, quiénes eran sus padres, dónde estaban domiciliados, etcétera, etcétera.

—¿Y bien? —lo azuzó Montalbano.

—Viudo, cincuentón sin hijos, no se le conocen ni mujeres ni vicios —contestó el otro, telegráficamente.

—¿Y en el pueblo qué se dice?

—Que lo nombró la empresa propietaria del supermercado a petición del diputado Mongibello.

El honorable Mongibello, antiguo liberal, antiguo democristiano y más tarde, tras cierto período de decadencia, elegido diputado en las últimas elecciones por el partido en el poder, el que daba fuerza a Italia, había sido y seguía siendo uno de los abogados de confianza de la familia Cuffaro.

—Muy bien, pero ¿a qué se dedicaba antes de que lo nombraran director?

—Trabajaba en Sicudiana, de contable de unas cuantas empresas de los Cuffaro.

—¿O sea que es un hombre de confianza de la familia?

—Eso parece.

—Perdona, ¿puedes enterarte de quiénes conforman el consejo de administración de la empre...?

—Ya está hecho.

Una vez cumplido su desquite, Fazio se relajó.

—¿Quiénes son?

—*Dottore*, he escrito los nombres en el papel. ¿Puedo sacarlo?

Montalbano tuvo que soportar el sarcasmo de su subalterno.

—Adelante.

—Los miembros del consejo de administración son Angelo Farruggia, Filippo Tridicino, Gerlando Prosecuto y Calogero Lauricella. Los dos primeros son jubilados del ferrocarril, de ochenta y pico años, Prosecuto es proyeccionista de cine y Lauricella fue almacenero en la lonja del pescado. Todos testaferros.

—Pero... ¿el presidente quién es?

—El honorable Mongibello.

Montalbano se sorprendió.

—A saber por qué se habrá expuesto personalmente.

—*Dottore*, quizá sea porque, en un consejo de administración, como mínimo hace falta una persona que sepa leer y escribir.

Puso la mesa en el porche, sacó de la nevera un plato con una ración generosa de pulpo y lo condimentó sólo con aceite y limón. Empezó a comérselo con cierta satisfacción, como si de ese modo se vengara del susto matutino. Estaba muy tierno: Adelina lo había cocido en su punto.

De pronto, se acordó de haber leído, en el libro de un erudito llamado Alleva que se dedicaba al estudio de los animales, que los pulpos eran inteligentísimos. Se quedó un momento con el tenedor a medio camino, pero al fin concluyó que el destino de los seres inteligentes era, sin lugar a dudas, terminar devorados por algún imbécil más espabilado. Se reconoció sin ningún tipo de dificultad como un imbécil y siguió comiéndoselo.

Sin embargo, el pulpo, pesado de digerir, se vengaría a su vez no dejándolo dormir. Empate.

Acababa de recoger la mesa y se había puesto a fumar un pitillo tranquilamente cuando sonó el teléfono. Montalbano miró el reloj de forma instintiva. Eran las nueve y media, demasiado pronto para Livia.

—¡Ah, *dottori*, *dottori*! ¡Perdone las molestias! ¿Qué hace? ¿Ya ha cenado?

—Sí, Catarè, no te preocupes. Cuéntame.

—¡*Tilifoneó* ahora mismito una *siñora* de la brigada, pero no de una brigada como las nuestras, sino de la brigada de Piano Lanterna!

—Catarè, no hay quien te entienda.

—Sí, comisario, una *siñora* de la brigada del *supermircado*.

—¿Quieres decir una señora de la brigada de limpieza?

—Pues claro. Es lo que he dicho, ¿no?

—Dejémoslo. ¿Qué quería?

—Quería avisar de que Porcellino se ha ahorcado.

No lo cogió por sorpresa, en cierto modo esperaba algo así.

—¿Fazio sigue en comisaría?

—No, *siñor dottori*, se ha *displazado* con Gallo para ubicarse *in situ*.

Cuando aparcó delante del supermercado, ya habían llegado los periodistas y una cincuentena de curiosos que Gallo y otro agente mantenían a distancia.

Dentro se encontró a Fazio ante una mujer de unos cuarenta años sentada en una silla con la blusa desabrochada, al lado de una compañera que le aguantaba un trapo mojado en la frente y de una tercera que la abanicaba con un periódico.

Cada cierto tiempo, la cuarentona se daba un manotazo en el pecho y decía:

—¡Santa María! ¡Menudo susto me he llevado! ¡Muertita estoy!

—¿Ha descubierto ella el cadáver? —preguntó el comisario a Fazio.

—Sí, señor. Pero la que ha llamado ha sido esa de ahí.

Y señaló a una chica de unos treinta años que estaba apoyada contra un mostrador, escoba en mano.

—¿Has avisado al fiscal y al *dottore* Pasquano?

—Ya está hecho.

Se acercó a la chica.

—Soy el comisario Montalbano.

—Me llamo Graziella Cusumano.

—Cuénteme cómo ha descubierto que...

—Nosotras venimos todas las noches a las nueve. Llamamos a la puerta de atrás y viene a abrirnos el director. Pero hoy hemos llamado un montón de veces y no ha salido nadie.

—¿Les había sucedido alguna vez?

—No, señor, nunca.

—Continúe.

—Hemos pensado que a lo mejor el director se había ido a casa, que a lo mejor no se encontraba bien por toda la historia del robo, y entonces yo...

—¿A usted lo del robo quién se lo ha contado?

—Pero, comisario, ¡si lo sabe el pueblo entero! Entonces lo he llamado con el móvil. Pero no me ha contestado. La cosa nos ha parecido rara. Al final me he decidido a llamar a la empresa y le he explicado a Filippo Tridicino, que es pariente lejano mío, lo que pasaba. Poco después, ha llegado Filippo con la llave y ha abierto. Filumena, que se encarga de hacer el despacho del director, se ha ido para allá, lo ha visto ahí colgado y se ha desmayado. Entonces ha sido cuando los he llamado a ustedes.

—¿A qué hora cierra el supermercado?

—A las ocho. Pero hoy por la tarde no han abierto.

—¿Y eso?

—Ni idea. A mí me lo ha contado mi prima, que trabaja aquí de dependienta. El director ha informado al personal de que después de comer no se abría.

—Gracias —dijo Montalbano, y se dirigió al despacho.

Borsellino, encaramado a una silla colocada a su vez encima del escritorio, había atado un extremo de una cuerda a una viga y el otro se lo había enroscado en torno al cuello. Luego había pegado una patada a la silla y se había ido al otro barrio.

Montalbano se sentó, encendió un pitillo y se quedó mirando el cadáver, que se balanceaba un poquito hacia la derecha y luego un poquito hacia la izquierda, movido por una ligera corriente de aire.

Entonces llegó Fazio.

—He tomado declaración a todas las limpiadoras. ¿Les doy permiso para irse?

—Sí, muy bien.

Al cabo de un cuarto de hora se presentó el *dottore* Pasquano, que echaba humo.

—¡Iba de camino al Círculo para una partida importante y ha tenido que venir usted a tocarme los cojones!

—¿Yo? En todo caso el muerto.

Pasquano echó un vistazo al cadáver.

—Bueno, se trata de un suicidio, ¿no?

—Perdone, *dottore*, pero me interesa saber la hora de la muerte —dijo Montalbano.

—¿Por qué?

—Porque me ha dado por ahí. Quiero estar seguro de a qué hora ha muerto.

—Entendido. Pero, si no llega el fiscal, yo no...

—*Dottore*, ¿no puede subirse al escritorio y echarle un vistazo más de cerca?

Maldiciendo su suerte, el *dottore* subió con la ayuda de Fazio y se dedicó a manipular el cadáver y a darle vueltas como si fuera un salami puesto a secar.

—¿Qué hora es? —preguntó.

—Las once menos cuarto.

—Yo creo, aunque no estaré seguro hasta después de la autopsia, que se ha colgado entre las cuatro y las cinco de esta tarde.

—¿No puede haber sido hacia la una?

—Yo lo descartaría.

—Gracias. Fazio, me voy a Marinella, espera tú al fiscal Tommaseo. Buenas noches, *dottori*.

—Pero... ¡Qué cojones! ¿Nadie va a ayudarme a bajar de aquí arriba? —preguntó Pasquano, enojadísimo.

4

Llegó a Marinella cuando aún era demasiado pronto para acostarse. Además, sin duda habría sido un error meterse en la cama: todavía se acordaba del pulpo, que seguía dándole guerra en la barriga.

Fue a desnudarse y a lavarse y luego, como eran las doce, encendió el televisor.

Apareció al instante la cara de culo de gallina del periodista Pippo Ragonese, comentarista estrella de Televigàta y enemigo jurado del comisario.

«...y ésa es la pregunta de esta noche. Resumamos los hechos con la máxima objetividad posible. El director del supermercado de Piano Lanterna, el contable Guido Borsellino, descubre el robo de la recaudación del día anterior, sucedido durante la noche. Avisa a la comisaría de Vigàta y llega al lugar de los hechos el subcomisario, el *dottor* Augello, que, recibida la denuncia, en media hora escasa de conversación con Borsellino lo acusa más o menos veladamente de ser el autor del robo. Estupefacto, Borsellino llama al comisario Montalbano, que prácticamente le cuelga el teléfono sin más. Sin embargo, poco después también llega al supermercado el inefable comisario Montalbano, y entre los dos, sin tener ninguna prueba, qué digo prueba, sin tener ni siquiera el más mínimo indicio, se ponen a torturar —y les aseguro que estoy empleando el verbo más adecuado— al pobre Borsellino con tal ferocidad que éste, nada más terminar el interrogatorio, trastornado y fuera de sí ante tan tremenda acusación, se deshace del personal, entra en su despacho y se suicida ahorcándose.

»Dicho esto —y admitiendo incluso por un momento, y como pura hipótesis teórica, que Borsellino, un hombre sin antecedentes y considerado por todo el mundo una persona de lo más íntegra, hubiera cedido a una tentación momentánea—, no es posible justificar en modo alguno la actuación del comisario y el subcomisario, que no dudo en calificar de nazi.

»Esta muerte, y lo digo asumiendo toda la responsabilidad, recae sobre el comisario Montalbano. Sus métodos incivilizados e inhumanos deshonran y envilecen a todo el cuerpo de la Policía del Estado, que tiene siempre y en todo momento...»

Antes de apagar, Montalbano escupió a la cara del periodista, recordando cómo lo había visto aplaudir a la policía después de la «carnicería mexicana» importada a Génova con motivo del G8.

De todos modos, estaba convencido de que la versión que había dado aquel canalla se la había pasado otra persona bajo mano. Ragonese se había limitado a leerla al pie de la letra.

La tesis que iban a defender los abogados de los Cuffaro, con Mongibello a la cabeza, se deducía clarísimamente de las palabras de Ragonese. Quien había robado el dinero era Borsellino, que luego no había soportado el violento tercer grado de Montalbano y Mimì. No podían reconocer de ningún modo que un miembro de la familia los había traicionado: eso habría supuesto, a ojos de todo el mundo, una pérdida de autoridad gravísima.

A su debido tiempo, cuando nadie se acordara, se encargarían de darle su merecido también al traidor.

Por primera vez en su vida, la rabia reprimida durante demasiado tiempo le jugó una mala pasada. Tuvo que ir corriendo al baño y se puso a escupir toda la amargura que se le había acumulado en la boca del estómago.

Mientras estaba con la cabeza casi metida en la taza, oyó que sonaba el teléfono. No estaba en condiciones de coger la llamada y, unos segundos después, el aparato enmudeció. Cuando volvió a sonar, Montalbano ya se había lavado la cara y esperaba ante el teléfono.

Era Livia.

—¿Por qué no lo has cogido antes? ¿Qué estabas haciendo?

—¿De verdad quieres saberlo? Pues estaba escupiendo bilis.

Livia se preocupó.

—¡Dios mío! ¿Por qué?

La pregunta puso furioso a Montalbano.

—¡Por puro divertimento!

—¡No seas imbécil! ¿Te encuentras mal?

—Sí.

—¿Has comido demasiado?

—No, he tenido que tragar demasiado.

—No te entiendo.

Y entonces se lo contó todo, empezando por el episodio matutino de Strangio. Se desahogó por completo y a punto estuvo de ponerse a llorar de rabia.

Una vez terminada la llamada, fue a sentarse en el porche y encendió un pitillo. ¿Por qué recurrirían a esas triquiñuelas los individuos como Ragonese, se preguntó, y tantos otros de su misma calaña, más importantes, que escribían en los periódicos nacionales y salían en las televisiones más vistas? Un periodista serio lo habría llamado para conocer su opinión y, después de oír las dos versiones de los hechos, habría sacado sus conclusiones.

Sin embargo, los periodistas como Ragonese sólo escuchaban una voz, la de su amo. Y con frecuencia no podía decirse que lo hicieran por dinero.

Entonces... ¿por qué? Sólo cabía una respuesta: porque tenían alma de siervo. Eran voluntarios entusiastas del servilismo, caían de rodillas ante el poder, fuera cual fuese.

No había nada que hacer: habían nacido así.

A pesar de todo, cuando se metió en la cama, media hora más tarde, se durmió casi al momento. Por lo visto, el ataque de rabia que había sufrido le había ido bien para la pesada digestión del pulpo.

En cuanto cruzó la puerta de la comisaría, cuando aún no habían dado las nueve, Catarella entonó la letanía habitual:

—¡Ah, *dottori*! ¡Ah, *dottori, dottori*!

No hacía falta preguntarle quién había llamado.

—¿Cuándo ha telefoneado?

—¡Hace nada!

—¿Qué quiere?

—Que usted, es decir, usía, se dirija ahora mismo mismísimo de inmediato a verlo a él, o sea, al *siñor* jefe *supirior*.

—Muy bien, voy para allá. Vuelvo en cuanto consiga librarme de él.

Nada más encender el motor se dio cuenta de que tenía el depósito vacío. La gasolinera más cercana era la del incidente con Strangio. De paso, se dijo que tenía que cambiar el cristal de la ventanilla, que estaba resquebrajado: era peligroso seguir circulando así.

No había cola y el encargado, que se llamaba Luicino, se presentó al momento.

—¿Lleno, *dottore*?

—Sí.

En el momento de pagar, Luicino hizo un gesto como para decir que no quería su dinero. ¿A qué venía aquella novedad?

—Invito yo, *dottore*.

Montalbano arrancó, dejó el coche en la zona de aparcamiento, cogió la cartera, sacó el importe correspondiente, bajó y volvió a la gasolinera.

El encargado estaba dentro, en el cuarto trasero. Sin decir palabra, pero mirándolo con cara de pocos amigos, el comisario le puso el dinero delante. Luicino levantó la vista y, un tanto nervioso, se metió los billetes en el bolsillo del mono grasiento.

—Y ahora explícame a santo de qué se te ha ocurrido una cosa así.

Luicino estaba muy intranquilo.

—*Dottore*, como ayer no me porté bien con usía, quería hacerme perdonar.

—¿Perdonar? ¿Por qué?

—Por lo que le dije al abogado.

—¿Al abogado del jovencito del BMW?

—Sí, señor.

—¿Y qué le dijiste?

—Le dije que usía se había parado delante de su coche y que por eso no podía salir.

—¿Y? Al fin y al cabo, le dijiste la verdad.

—Pero ¡es que ni eso quería decirle! ¡Quería negarlo todo por respeto a usía! ¡Quería decirle que no había visto nada!

—¿Y, entonces, por qué cambiaste de idea?

—¡Me obligó él!

—¿Cómo?

—Me recordó el asunto que tengo pendiente con la provincia, que quiere cerrarme la gasolinera. He puesto un recurso. Y el abogado estaba informado de la historia, hasta el punto de que me dijo que si le...

—Que pases un buen día, Luicino —se despidió Montalbano.

Arrancó de nuevo y se dirigió a Montelusa.

¡Qué gente tan estupenda! No tenían escrúpulos en chantajear a un pobre hombre si no estaba a sus órdenes. Por mucho que el abogado Nullo Manenti se diera baños de aquella colonia repugnante, siempre apestaría a cloaca.

Lo mismo que su jefe, el presidente de la provincia.

• • •

—El señor jefe superior está ocupado en estos momentos. Me ha pedido que le diga que no se marche, que se ponga cómodo en la salita —explicó un ujier sentado junto a la puerta del despacho.

La salita en cuestión era tan deprimente que al cabo de cinco minutos de estar ahí dentro uno empezaba a pensar en el suicidio.

Encima de la mesita había una sola revista, *Policía Moderna*. El comisario empezó a leerla por la primera página. Cuando la terminó, había pasado una hora.

Se levantó y volvió a acercarse al ujier.

—¿Sigue ocupado?

—Sí. Ha preguntado si había llegado ya usted, y desea que siga esperando.

—¿Para cuánto tiene?

—En mi opinión, para dos horas más.

—Gracias.

Salió al pasillo y, en lugar de volver a la salita, continuó andando, descendió a la planta baja, salió, se subió al coche y volvió a Vigàta.

Hacía media hora que había llegado a la comisaría cuando llamó el *dottore* Pasquano.

Era algo inusitado. Por lo general, si Montalbano quería saber el resultado de una autopsia, le tocaba ir a ver al *dottori* en persona y soportar una sarta de insultos, descortesías y groserías.

Pasquano no tenía muy buen carácter, pero si había perdido la noche anterior en la partida de cartas del Círculo, su mal humor habitual se agravaba más todavía.

—Quería informarle debidamente de que anoche, a pesar de que le diera a usted por tocarme los cojones tan inoportunamente, tuve tiempo de ir al Círculo y ganar. Tres horas muy afortunadas. ¡Saqué un *full*, un póquer y una escalera real!

—Lo felicito por ese golpe de suerte.

—Digámoslo con todas las letras: un golpe de suerte cojonudo.

Y colgó. Montalbano se quedó con la mano al lado del aparato. Tenía claro que aquella llamada era puro teatro. En efecto, no había pasado ni un minuto cuando volvió a sonar el teléfono.

—Ah, por poco me olvido. Aunque se trata de algo completamente secundario: quería comunicarle que, además, esta mañana me he puesto a trabajar en el cadáver del ahorcado. Lo confirmo.

—¿El qué?

—Que lo suicidaron, digámoslo así, hacia las cuatro de la tarde. En el estómago tenía todavía lo poco que había almorzado.

—¿A qué viene eso de que «lo suicidaron»?

—¿Se sorprende? ¡Conmigo no se haga el inocentón! ¡No me diga que no lo sospechaba!

—No se lo digo. Pero... ¿qué ha descubierto?

—Creo que lo estrangularon con las manos desnudas. Lo agarraron con tanta fuerza por los brazos para inmovilizarlo que le dejaron hematomas. Los asesinos eran como mínimo dos. La cuerda, la viga, la silla: todo un montaje para aparentar un suicidio.

—¿Está seguro al cien por cien?

—No. De hecho, no voy a ponerlo en el informe.

—¿Por qué?

—Porque, en un tribunal, un buen abogado se sacaría de la manga cien explicaciones para los hematomas.

—Pero, si usted no expresa oficialmente su opinión, ¿cómo voy a avanzar yo?

—Eso a mí me importa una mierda —contestó, con su delicadeza habitual, el *dottore* Pasquano.

Y cortó la comunicación.

—Ayer por la noche oí por casualidad a ese tremendo hijo de puta de Ragonese —anunció Mimì Augello mientras entraba—. ¿Es que no podemos hacer nada para defendernos?

—¿Y qué quieres hacer? ¿Ponerle una demanda? Puede que los tribunales te den la razón dentro de tres años, cuando ya nadie se acuerde del asunto.

—A mí me provoca un picor en las manos que ni te cuento. Un día de éstos, si me lo encuentro por la calle, le doy una paliza.

—Mimì, si te pican las manos, que te las rasque tu mujer. Además, dejando a un lado las gilipolleces y las ofensas, Ragonese te ha dado la respuesta que buscabas.

—¿Ah, sí?

—Pues sí. Ayer dijiste que no te convencía el hecho de que no hubieran forzado la cerradura, que haber utilizado la llave era un error de bulto. En cambio, Ragonese, indirectamente, te ha informado de que el ladrón lo hizo adrede para incriminar a Borsellino y hacerle cargar con la culpa del robo.

—¡Peor me lo pintas! Das a entender que no sólo es un periodista cabrón, sino también un canalla vinculado a los Cuffaro.

—Eso son conclusiones tuyas —replicó Montalbano.

Mimì se marchó aún más enfadado y casi se dio de bruces con Fazio al cruzar el umbral.

—Llegas justo a tiempo —dijo el comisario—, necesito una información. Averigua qué servicio de vigilancia nocturna tenía contratado el supermercado.

Fazio se sonrió.

—Ya está hecho.

Indudablemente, Fazio era un policía de primera, pero cuando soltaba esa frasecita a Montalbano le entraban ganas de liarse a puñetazos con él, como quería hacer Mimì con Ragonese.

—Dime.

—Ninguno, *dottore*. No hacía falta. Todo el mundo sabía que el negocio pertenecía a los Cuffaro y a ningún ladrón se le habría pasado por la cabeza ir a robar allí. Sin embargo...

—¿Sin embargo...?

—Justo al lado está la Banca Regionale. Y ahí seguro que sí tienen contratado un servicio de seguridad. Para llegar a esa oficina, el vigilante nocturno tenía que pasar a la fuerza por delante del supermercado. ¿Me informo?

—Sí.

En ese momento sonó el teléfono directo de Montalbano, que descolgó el auricular casi llevado por un acto reflejo. Se sobresaltó. La voz que oía era sin duda e indudablemente humana, pero por un momento se había apoderado de ella un gran animal prehistórico, quizá un *Tyrannosaurus rex*.

—¡Mooooo... Aaaaa... Nooooo!

¿Moano? ¿Sería un apellido? ¿O la versión masculina del nombre Moana?

Por suerte, él no se llamaba Moano, porque hablar con una trompeta del Juicio Final habría sido algo muy desagradable.

—Se equivoca de número —contestó el comisario.

Y colgó.

—¿Qué hago? ¿Me voy? —preguntó Fazio.

—Vete.

Salió Fazio y volvió a sonar el teléfono. Montalbano cogió el auricular y, por precaución, se lo puso a cierta distancia de la oreja.

—¿*Dottor* Montalbano? Soy Lattes.

El *dottor* Lattes, jefe de gabinete del jefe superior, recibía el apodo de «Leches y Mieles» por su clerical modo de hablar y comportarse.

—Dígame, *dottore*.

—El señor jefe superior desea verlo de inmediato. Me ha encargado a mí que lo llamara porque él ha tenido que ir corriendo al baño.

¿Tenía cagalera? Una información valiosa, sin duda, aunque Montalbano no sabía qué hacer con ella. Se le encendió una lucecita que le heló la sangre en las venas.

—¿Ha... si... do él quien me ha llamado hace un momento?

—Sí.

Virgen santa, ¿y qué le había sucedido? ¿Se había metamorfoseado en reptil gigante?

—Perdone, pero ¿por qué habla así el jefe superior?

—Porque no se siente muy católico. Y la culpa la tiene usted.

—¡¿Yo?!

—*Dottore*, tengo el deber de advertirle de que el señor jefe superior está muy enfadado con usted por su comportamiento...

—¡¿Conmigo?! ¿Y yo qué he...?

—Y, sobre todo, porque no ha querido esperar a que terminase la reunión, como le había rogado.

—Resulta que...

—Y, además, porque hace un momento le ha colgado el teléfono. Venga sin perder más tiempo, se lo suplico. Venga de inmediato. Vuele. ¡No quiera Dios que se enfade aún más!

—Es que lo había confundido con un...

Se contuvo a tiempo. ¿Cómo iba a decirle que lo había confundido con un dinosaurio?

—Venga ahora mismo, se lo ruego.

¡La madre que lo parió! ¿Aquella voz salvaje de jungla tropical era la del señor Bonetti-Alderighi, su señoría? ¡Un hombre del que se podía decir de todo, menos que no fuera un ser civilizado! Debía de estar de un humor de mil demonios, así que no le quedaba más que elegir entre dos opciones: o ir a que lo devorara vivo, como a los antiguos romanos en el Coliseo, o pegarse un tiro en la sien en aquel mismo momento. Optó por la primera opción.

El *dottor* Lattes lo esperaba paseando por la antesala. Parecía bastante preocupado.

—Le he dado dos tranquilizantes. Ahora, gracias a la Virgen, está un poquito mejor.

—Pero ¿yo qué le he hecho?

—Ya se lo dirá él. Adelante, lo espera.

Bonetti-Alderighi estaba sentado en su butaca, detrás de la mesa, con un frasquito de pastillas y un vaso de agua delante.

Estaba despeinado, con los ojos muy abiertos, la corbata aflojada y el botón superior de la camisa desabrochado. ¡Él, que siempre iba impecable! Aparte de eso, tenía un aspecto bastante normal. Nada más ver entrar al comisario, abrió el frasco, sacó una pastilla, se la metió en la boca, bebió un sorbo de agua y dijo:

—¡Ha acabado usted con mi carrera!

A Montalbano le entraron ganas de reír.

Por lo visto, de tanto pegar gritos feroces, el jefe superior había perdido la voz. Hablaba como el hombre que susurraba a los caballos.

—Señor jefe superior, lo siento en el alma, pero...

—¡Si... silencio! ¡Ha... hablo yo!

Sin embargo, antes de empezar a hablar, Bonetti-Alderighi se tragó otra pastilla.

A continuación, abrió y cerró la boca dos veces seguidas; le costaba hablar.

—Primero me ha... llamado... el *do... do... dottor* Strangio, pre... presidente... de la provincia... para decirme que... que... usted había... provocado a su hijo y le había puesto... las es... las esposas...

—Lo que pasó...

—Ca... ¡Cállase! Y luego hace una hora... el diputado Mongibello...

Montalbano lo miraba fascinado. De repente, la voz del señor jefe superior era pastosa, como la de un borracho redomado. Era como poner la radio y oír una imitación del cómico siciliano Fiorello.

—...Me ha comunicado su... decisión... de... que su pa... su partido presente... una interpelación... pa... parlamentaria... sobre el su... icidio del señor... Borselli... no...

Recostó la cabeza contra el respaldo de la butaca y no dijo nada más. Montalbano se preocupó. ¿Estaba muerto?

¿Desmayado? Rodeó la mesa, se situó a su lado y se agachó para escuchar su respiración.

Bonetti-Alderighi se había adormilado de repente con la boca abierta.

¿Qué podía hacer? ¿Despertarlo?

Con cuatro tranquilizantes en el cuerpo, sería imposible resucitarlo. Ni siquiera a cañonazos: iba a dormir hasta el día siguiente.

Salió de puntillas y cerró la puerta despacito.

—Todo aclarado —informó al *dottor* Lattes, que lo aguardaba en la antesala con un interrogante en la mirada.

5

Al entrar en su despacho, se encontró a Fazio, que lo esperaba sentado.

—¿Novedades?

—*Dottore*, me he informado sobre la vigilancia nocturna de la Banca Regionale. Tienen contratada a la empresa Sueños Tranquilos.

—Llámalos y...

—Ya está hecho. Acabo de telefonear. La noche del robo en el supermercado, el guardia jurado de turno en la zona era un tal Domenico Tumminello, que hoy, en cambio, tiene fiesta.

—Tendrías que pedirles su número...

—Ya está hecho.

¡Y dale con el dichoso «ya está hecho»! ¡Dale con la gaita esa del «ya está hecho»! Montalbano se puso nervioso.

—¿Por casualidad no lo habrás llamado ya?

—No, señor, he preferido no hacerlo.

—¿Por qué?

—Porque he pensado que quizá el pobre estaría durmiendo. Como trabaja toda la noche...

—¿Tienes la dirección?

—Sí, señor. Cuesta Lauricella, 12.

—¿Sabes qué te digo? Que voy yo ahora mismo. Si duerme, lo dejo dormir, pero, si no, hablo con él.

· · ·

El 12 de la cuesta Lauricella correspondía a una casita de dos plantas en un estado bastante lamentable. El portal estaba abierto y no había portero automático.

Entró. La primera puerta con la que se encontró no tenía timbre, así que llamó con los nudillos. Silencio absoluto. Llamó más fuerte. Y añadió incluso alguna que otra patada.

—¿Quién va? —preguntó una voz de vieja.

—Soy el comisario Montalbano.

—¿Qué dice? ¿Un *aeriplano*? Hable más alto, que estoy un pelín sorda.

—¡Que soy el comisario Montalbano!

—¿A quién busca?

—Busco al señor Tumminello.

—¿Cómo?

Más que estar un pelín sorda, podría decirse que aquella señora no habría oído ni el estruendo de una batalla naval.

—¡Digo que busco al señor Tumminello! —se desgañitó Montalbano.

—¿Parrinello?

Por suerte, por la barandilla del piso de arriba se asomó una mujer de cuarenta y tantos años.

—¿A quién busca?

—Busco a Domenico Tumminello.

—Soy su mujer. Suba, suba.

¿Por qué tenía esa voz de preocupación?

Aún no le había dado tiempo de subir los tres primeros escalones cuando la señora se le echó encima. El comisario vio entonces que respiraba entrecortadamente y sus ojos transmitían un enorme espanto.

—¿Qué le ha pasado a mi marido? ¿Qué ha sido de él?

—No se altere, señora. No le ha pasado nada. ¿No está en casa?

—No, señor. Pero... usted... usted es el comisario... ¿por qué lo busca?

—Tengo que preguntarle algo. ¿Dónde puedo encontrarlo a estas horas?

La señora no contestó. Le cayeron dos lagrimones por la cara.

Le dio la espalda y empezó a subir la escalera.

Montalbano la siguió. Se encontró en un comedor, donde la mujer lo invitó a sentarse mientras se bebía un vaso de agua.

—Señora, como habrá oído, soy comisario de policía. ¿Me explica por qué está tan asustada?

Se sentó también ella, retorciéndose las manos.

—Ayer por la mañana, Minico, mi marido, salió de trabajar a las seis y se vino a casa. Se tomó un vasito de leche caliente y se acostó. Serían más o menos las diez, porque yo acababa de volver de la compra, cuando sonó el teléfono. Era uno que dijo que llamaba de la empresa en la que trabaja Minico.

—¿Le dio su nombre?

—No, señor. Dijo sólo: «Soy de la empresa.»

—¿Había hablado con él alguna vez?

—Nunca.

—Muy bien. Continúe.

—Me dijo que Minico tenía que presentarse inmediatamente en la empresa, porque había un cliente que había ido a protestar y a decir que no hacía el servicio como había que hacerlo. Repitió que tenía que presentarse cuanto antes y colgó.

—¿Usted qué hizo?

—¿Qué iba a hacer? Despertarlo y contárselo todo. Se vistió, el pobre, que se moría de sueño, y se fue.

La señora se puso a llorar entrecortadamente. Montalbano le llenó el vaso de agua y se lo ofreció para que bebiera.

—¿Y luego qué pasó?

—Pues que no he vuelto a verlo.

—¿No ha venido por casa? ¿No la ha llamado? ¿No ha dado ninguna señal de vida?

La mujer negó con la cabeza. No podía ni hablar.

—¿Su marido tiene coche propio?

Otro gesto de negación.

—A ver, ¿ha llamado a la empresa?

—Sí, claro. Lo niegan... Dicen que allí nadie... Que no había protestado ningún cliente...

—Puede que se haya puesto enfermo.

Volvió a decir que no con la cabeza. Señaló una mesita en la que estaban el teléfono y un listín abierto.

—...A todos los hospitales —dijo—. Nada.

Montalbano reflexionó un poco.

—Quizá sería mejor que denunciara su desaparición.

Nuevo gesto de negación con la cabeza.

—¿Por qué?

—Porque, si denuncio su desaparición, a lo mejor desaparece de verdad.

Era un argumento que no podía rebatirse.

—¿Tiene una foto de su marido?

La mujer se levantó con dificultad y salió de la habitación. Regresó con una foto de tamaño carnet que entregó al comisario, se sentó, apoyó los brazos en la mesa y recostó la cabeza encima.

Montalbano le acarició ligeramente el pelo y se marchó.

Nada más entrar en su despacho, llamó a Fazio y le contó todo lo que le había dicho la mujer de Tumminello.

—La cosa me preocupa —reconoció el inspector jefe.

—Y a mí. Pero, antes de pensar en algo grave, sería mejor que indagaras en la vida privada del tal Tumminello. Toma, aquí tienes su fotografía.

Fazio la miró. La foto mostraba a un hombre de cuarenta años de rasgos anónimos, ni un solo lunar, ni una cicatriz, nada, una de esas caras que se olvidaban a los cinco minutos de haberla visto.

—No me parece un hombre demasiado destacable —dijo.

—Las caras engañan, lo sabemos por experiencia.

Salió Fazio y entró Augello un tanto mustio.

—¿Qué te pasa?

—No consigo que se me pase el agobio por lo de ese gilipollas de Ragonese.

—Pues prepárate para lo peor.

Después de que Montalbano le contara con pelos y señales la reunión con el jefe superior, su expresión se volvió aún más sombría.

—O sea, que el ilustre abogado y honorable diputado Mongibello está dispuesto a llevar una cosa así al Parlamento.

—Parece que sí.

—¿Y qué gana él?

—¿Lo dices en serio? ¡Para él es un pretexto estupendo, Mimì! ¡Desde luego, no van a dejar pasar la oportunidad!

—Explícate mejor.

—No cabe duda de que, en el Parlamento, Mongibello recibirá el apoyo de su mayoría. Y por supuesto, el ministro del Interior, que es de otro partido pero de la misma calaña que sus aliados, se encargará de que haya una actuación inmediata. Y esa actuación supondrá, como mínimo, el traslado para el jefe superior y la jubilación anticipada para mí. ¿Y sabes qué significa eso?

—Que por fin dejarían de tocarte los cojones.

—Eso también, es verdad. Pero sobre todo significa mil puntos a favor del poder mafioso de los Cuffaro, que saldrá de ésta agigantado, dando muchas gracias al gobierno.

—Pero ¿no se dan cuenta?

—Algunos puede que no, otros seguro que sí.

—Si pasa una cosa así, yo renuncio —aseguró Mimì.

—No me hagas reír. Te pregunto lo mismo que tú antes: ¿qué sacarías? Sólo conseguirías que la mafia ganara aún más puntos. Lo que tienes que hacer es seguir combatiendo.

—Contra dos frentes es difícil.

—¿Dos? Cuenta bien, Mimì. Son cuatro.

—¡¿Cuatro?!

—Sí, hombre. Uno, la delincuencia común; dos, los homicidios ocasionales; tres, la mafia, y cuatro, los diputados en connivencia con la mafia.

—¿Sabes qué te digo? Que renuncio ahora mismo.

—¿Y a qué vas a dedicarte?

—Algo encontraré. Ah, sí: podría ser jefe de la policía local de algún pueblo.

—Mira, entre que pides la plaza y te la conceden pasará un tiempo. Así que, por el momento, mejor empezar a cubrirse las espaldas. Prepara enseguida un informe para el jefe superior, para que se lo lea cuando se despierte.

—¿Y qué pongo?

—Los hechos. Desde lo que ocurrió cuando llegaste al supermercado, hasta las reacciones de Borsellino a tus preguntas, las incoherencias en la ejecución del robo, mi intervención, todo. Sin un solo comentario, sólo los hechos.

—Muy bien.

Al contrario que al jefe superior, al que por poco le había dado un síncope, a Montalbano no le preocupaba su carrera porque él ya había llegado al final; en cambio, sentía una rabia tan fuerte en su interior que la sangre le hervía en las venas.

En los últimos años, quizá porque se estaba haciendo mayor, el apoyo más o menos encubierto de la mafia a cierto poder político, por medio de algunos diputados y senadores con los que mantenía vínculos, le provocaba un desdén y una indignación que cada vez le costaba más reprimir. Y ahora estaban empezando a aprobar una serie de leyes que no tenían nada que ver con la legalidad. ¿En qué país se había visto que un ministro en ejercicio llegara a decir que había que convivir con el crimen organizado? ¿En qué país se había visto que un senador, condenado en primera instancia por estar en connivencia con la mafia, volviera a presentarse y fuera reelegido? ¿En qué país se había visto que un diputado regional, condenado en primera instancia por haber ayudado a mafiosos, fuera nombrado senador? ¿En qué país se había visto que alguien que había sido ministro y primer ministro unas cuantas veces viera que se confirmaba de manera definitiva su delito de connivencia con la mafia, por mucho que ya hubiera prescrito, y siguiera ejerciendo de senador vitalicio?

El simple hecho de que aquellos sujetos no dimitieran de forma espontánea y voluntaria demostraba ya de qué pasta estaban hechos.

Apartó con un gesto el plato que tenía delante.

—¿Qué pasa? ¿No come? —le preguntó Enzo, preocupado.

—Se me ha pasado el apetito de golpe.

—¿Y eso?

—Me he despistado con unos pensamientos...

—*Dottori*, los pensamientos son el peor enemigo de la tripa y, hablando en plata, también de la polla.

—Pero no siempre podemos controlarlos. Lo siento, porque esta pasta era una maravilla.

Ni siquiera con el paseo habitual por el muelle hasta el faro consiguió que se le pasara el mal humor.

—Por lo que dice la gente, Tumminello ha sido siempre todo un señor —empezó Fazio—. A los treinta años lo despidieron de un primer trabajo, pero poco después encontró este puesto de guardia jurado porque un pariente de su señora es socio fundador de la empresa. No se le conocen ni mujeres ni vicios. Se limita a la casa y al trabajo.

—Mira, Fazio. He intentado convencer a la señora de que denunciara la desaparición, pero no lo he conseguido. Quizá tendrías que probarlo tú.

—Ya está hecho.

¡No! ¡Otra vez esa monserga!

—¡¿Ya has ido a verla?!

—Sí, señor.

—¿Y cómo estaba?

—Desesperada.

—¿Y qué te ha dicho?

—Que no quiere presentar denuncia porque tiene un presentimiento. Está convencida de que, si lo hace, su marido desaparece de verdad.

—La misma respuesta que me ha dado a mí. Pero yo me pregunto una cosa: según esta señora, ¿su marido ha desaparecido de mentira?

Fazio se encogió de hombros.

—¿Tú cómo lo ves? —le preguntó el comisario.

—Ya se lo he dicho. Yo lo veo bastante mal.

—Es decir...

—El pobre desgraciado de Tumminello, al pasar en bicicleta por delante del supermercado, ve que, a esas horas de la noche, alguien está abriendo una de las puertas...

—Pero no se inquieta, porque lo reconoce —continuó Montalbano—. Es alguien de la empresa propietaria.

—Exacto. Sigue su ruta, termina el turno y se va a la cama. Cuando el ladrón lo telefonea y su mujer lo despierta, el desgraciado no tiene ningún motivo para sospechar, está realmente convencido de que la llamada procede de su empresa.

—Pensemos, además, que aún no sabe nada del robo. Nadie ha tenido tiempo de avisarlo.

—Exacto. Sale de casa y se encuentra delante del portal al ladrón, que está esperándolo. Y no tiene motivos para no fiarse de él. Acepta incluso que lo lleve en coche. Lo tiene jodido.

—Pobre hombre —fue el comentario de Montalbano.

Después de un breve silencio, Fazio añadió:

—En resumen: si las cosas son como creemos, este robo ha provocado un homicidio y un suicidio.

—Dos homicidios.

Fazio se quedó boquiabierto sólo un momento, mirando al comisario. Luego dio en el clavo:

—¡El director!

—Exacto —confirmó Montalbano.

Y le contó todo lo que le había dicho el *dottore* Pasquano.

—A mí esta historia no me convence —aseguró por fin Fazio.

—Explícate.

—Por lo visto, todo el dinero robado en el súper no llega ni a los veinte mil euros.

—¿Y?

—¿No es muy poco para justificar dos homicidios?

—¿Qué me cuentas? Para empezar, te recuerdo que hoy en día matan a un jubilado para robarle los quinientos euros de la paga. Y para continuar, te digo que, si esto hubiera pasado en otro supermercado, te daría la razón sin pensarlo, pero un robo a los Cuffaro es harina de otro costal. Si te descubren, estás condenado a muerte, no hay tu tía.

—Eso también es verdad.

A Montalbano se le ocurrió una idea, pero no quiso contársela a Fazio de inmediato. Prefería meditarla bien. Al final, se decidió.

—Escúchame una cosa, ¿el supermercado sigue cerrado?

—Sí, señor, hasta pasado mañana.

—¿Sabes si ha entrado alguien después del suicidio?

—¿Y quién iba a entrar? Tommaseo ordenó precintarlo; a petición mía, por supuesto.

Pero ¡qué bueno era Fazio!

—¿Tú sabes adónde han ido a parar las llaves que estaban en posesión de Borsellino?

—No, señor. Estarán en algún bolsillo de su ropa, en el instituto del *dottore* Pasquano.

—Telefonea ahora mismo. Ah, oye, no hables con él, mejor con su ayudante. Si no, es probable que nos busque las cosquillas y la cosa se eternice. Llama desde aquí.

La respuesta fue positiva: todas las posesiones de Borsellino estaban todavía en manos de Pasquano.

—Ve ahora mismo, cógelo todo y tráemelo. Te espero.

—¿La ropa también?

—También.

● ● ●

En el Instituto Anatómico Forense estaban la camisa, la camiseta de tirantes, los calzoncillos, los pantalones, los calcetines y los zapatos de Borsellino. En los bolsillos de los pantalones se habían encontrado un pañuelo, un manojo de llaves y nueve euros en monedas de distinto valor.

—Faltan la americana y la corbata —observó Fazio.

—Recuerdo perfectamente que, cuando se balanceaba de la viga, no llevaba ni la una ni la otra. Sin duda se las quitaron los asesinos, porque uno no se ahorca con la americana y la corbata puestas. En mangas de camisa se tiene más libertad de movimientos.

—O sea, que estarán todavía en su despacho del súper.

—Casi seguro que sí. Me parece haberlas visto colgadas allí dentro. Pero mira esta camisa. ¿Te acuerdas de la que llevaba cuando nos llamó para denunciar el robo?

—Sí, señor, me parece que era azul cielo intenso.

—A mí también. Y ésta, en cambio, es blanca. Esto demuestra que no es ni mucho menos cierto que, como quieren hacernos creer, Borsellino se ahorcara, trastornado por nuestro interrogatorio, en cuanto nos fuimos. Tenía razón el *dottore* Pasquano. Borsellino volvió a su casa, comió algo, no debía de tener mucha hambre con todas las ideas que se le pasaban por la cabeza, se cambió de camisa... ¿Te acuerdas de cómo sudaba delante de nosotros? Luego volvió al supermercado.

—Después debió de sonar el teléfono, o llamaron a la puerta, y fue a abrir a sus asesinos.

—Es probable —dijo el comisario. A continuación, mirando a Fazio a los ojos, añadió—: Quizá no esté de más ir a echar otro vistazo a su despacho.

—Haría falta la autorización del fiscal.

—¿Y qué le digo? Si Pasquano hubiera incluido sus sospechas en el informe, no habría problemas...

—¿Me permite una pregunta, jefe?

—Claro.

—¿Por qué no ha querido decir nada de los hematomas el *dottore* Pasquano?

—A mí me ha dicho que era porque en un tribunal la cosa no se sostendría. Pero creo que quiere protegerse.

—¿De quién?

—Fazio, hijo mío, ¿tú crees que Pasquano, que siempre se mantiene tan informado de todo, no está al corriente de que detrás de este asunto se esconden los Cuffaro? Habrá pensado que un poquito de prudencia no vendría mal.

—¿Y qué me estaba diciendo? —preguntó Fazio.

—Te decía que así, sin ninguna prueba clara, me parece que no estamos como para ir a despertar a Tommaseo.

—Tiene razón —respondió Fazio, sabiendo ya adónde quería ir a parar el comisario.

Y, en efecto, Montalbano le preguntó entonces:

—¿Te ves con cuerpo de salir conmigo esta noche?

—¿Al supermercado?

—¿Y adónde te crees que quiero ir? ¿A bailar?

6

Fazio no vaciló ni un instante:

—Muy bien.

—Mira, para no perder el tiempo, haz una cosa. Ve a ver cuáles de estas llaves abren el portal y el piso de Borsellino, así no tendremos que ponernos a trastear delante del supermercado. Luego ven a recogerme con el coche, entre las doce y media y la una.

—*Dottore*, cuanto más tarde, mejor.

—Entonces ven después de la una.

Pero Fazio no se levantó de la silla.

—¿Qué pasa?

—*Dottore*, me gustaría que se lo pensara bien antes de hacer una cosa así.

—¿Y eso?

—Si se descubre que hemos entrado en el supermercado sin la autorización del fiscal, la cosa puede tener consecuencias.

—¿Te da miedo que el jefe superior...?

—No, *dottori*, no me ofenda. Nada de lo que pueda decirme el jefe superior me da ni frío ni calor.

—¿Entonces?

—A mí me da miedo que se entere otra gente, pongamos que el diputado Mongibello; ése es capaz de decir que hemos ido al supermercado a dejar pruebas falsas.

—Puedes poner la mano en el fuego. Pero no te preocupes, ya nos encargaremos de que no se entere nadie.

Cuando llegó a Marinella, se zampó otra buena ración de pulpo. Esta vez tenía todo el tiempo del mundo para digerirla. Luego recogió la mesa y volvió al porche con el paquete de tabaco, medio vaso de whisky y un periódico local. Naturalmente, había un artículo que hablaba del robo del supermercado y del suicidio del director. Parecía casi como si el redactor hubiera escrito al dictado. No mencionaba ni una sola vez ni su nombre ni el de Augello: todo se centraba en la tesis de que la caja la había robado el propio director, que luego, al verse descubierto de alguna forma, se había ahorcado.

—Amén —dijo Montalbano.

A medianoche, encendió el televisor.

Pippo Ragonese, con más cara de culo de gallina que nunca, decía en ese momento que, aun admitiendo que el ladrón hubiera sido el director, eso no justificaba los brutales métodos de Montalbano, que eran el único motivo del suicidio del pobre Borsellino.

—¿Desde cuándo se aplica en nuestro país la pena de muerte por un hurto? —se preguntó en un momento dado el periodista.

—Ya te lo digo yo —le contestó Montalbano—: desde que tu gobierno ha dado permiso para disparar a los ladrones.

Apagó el televisor y fue a ducharse.

A las doce y media lo llamó Livia.

—Perdona que me haya retrasado, pero he ido al cine con una amiga. ¿Ya te habías acostado?

—No, tengo que salir por trabajo.

—¿A estas horas?

—A estas horas.

La oyó murmurar algo que no comprendió.

—¿Qué has dicho?

—Nada.

Sin embargo, por la forma de pronunciar ese «nada», Montalbano comprendió lo que pensaba. Le dio un ataque de rabia.

—Livia, sigues montándote historias sobre algo que hemos hablado mil veces. No soy un empleado con horario fijo. No ficho a las cinco y media de la tarde y me voy a casita. Yo...

—Perdona, pero ¿por qué te pones así?

—¿Y cómo quieres que me ponga? Has insinuado que...

—Yo no he insinuado nada. Te he hecho una pregunta de lo más normal y te has puesto como una moto. Tienes que reconocer, eso sí, que los policías os buscáis buenas excusas para pasar la noche por ahí.

—¡¿Excusas?!

—Pues sí. ¿Cómo puedo comprobar que sales por trabajo?

—¿Comprobar?

—No repitas mis palabras, haz el favor.

Montalbano se salía de sus casillas.

—¿Y yo cómo compruebo que esta noche has ido al cine con una amiga?

—¿Y con quién habría ido, según tú?

—¡Y yo qué sé! ¡Quizá con aquel primito tuyo, aquel con el que te fuiste a navegar un verano!

Una bronca colosal.

Fazio llegó a la una y cuarto.

—¿Vamos con el mío o con el suyo?

—Con el tuyo.

Por el camino, el comisario dijo:

—Se me ha olvidado pedirte, cuando estábamos en comisaría, que te informaras sobre los horarios de las rondas de los guardias jurados.

—Pero a mí no.

Eso equivalía directamente al dichoso «ya está hecho». Una simple variación sobre el mismo tema. Montalbano se mordió el labio inferior para no reaccionar mal.

—¿Qué has descubierto?

—Que el guardia jurado inspecciona los alrededores de la oficina bancaria hacia la una y media. Cuando lleguemos al supermercado, ya habrá pasado.

—¿Y cuándo le toca la siguiente ronda?

—Una hora después.

—Poco tiempo tenemos.

—No se preocupe, el despacho está en la parte de atrás del supermercado. Allí no nos verá.

Fazio se quedó un rato en silencio y luego añadió:

—Quería preguntarle una cosa, jefe.

—Dispara.

—¿Qué vamos a buscar en el despacho?

—No voy a buscar nada.

—Y, entonces, ¿a qué vamos?

—Quiero volver a ver ese despacho.

Fazio se sorprendió.

—Pero ¿no lo ha visto ya un par de veces?

—Sí, es verdad, pero siempre con distintos ojos.

—¿Puede explicarse un poco mejor?

—La primera vez que entré, en ese despacho acababa de producirse un robo. Y lo miré como el escenario de un robo. Luego volví porque acababa de producirse un suicidio. Y lo miré como el escenario de un suicidio. Después, Pasquano me ha informado de que se trataba de un homicidio. Y no he tenido oportunidad de verlo desde ese punto de vista. Es lo que voy a hacer ahora.

Fazio aparcó a dos travesías de distancia.

—Mejor que no vean el coche en las inmediaciones.

Luego, en lugar de dirigirse a las cuatro persianas metálicas de delante, tomaron la calle lateral y se encaminaron a la parte trasera del supermercado.

—La puerta de atrás es la de servicio, *dottore*. Por aquí entran las mercancías, las señoras de la limpieza, el personal. Y no es una calle de paso.

Era cierto, en efecto.

La parte trasera del supermercado daba a un terreno cementado y vallado que debía de servir de aparcamiento a los camiones de abastecimiento.

Más allá del recinto sólo había campo abierto.

Fazio despegó una parte de la cinta adhesiva que sostenía la hoja que hacía las veces de precinto y, en un abrir y cerrar de ojos, abrió, hizo pasar al comisario, lo siguió y cerró la puerta tras él.

Avanzaron casi completamente a oscuras hacia el despacho y, en un momento dado, Montalbano metió un pie en una lata que se había caído al suelo y empezó a patinar, maldiciendo como un poseso y sin poder parar, hacia un montón de tambores de detergente, contra los que se estrelló con un estruendo terrible.

Fazio se apresuró a sacarlo de debajo de los tambores.

Quizá por el olor del detergente, el comisario se puso a estornudar hasta que le lloraron los ojos. Con eso dejó de ver lo poco que veía. Dio dos pasos con los brazos estirados por delante del cuerpo, como un ciego, y finalmente tiró la toalla.

—Ayúdame.

El inspector jefe lo cogió del brazo y lo guió hasta el interior del despacho.

Lo dejó allí, fue a cerrar las persianas por completo, de forma que no se filtrara ninguna luz, y luego se limitó a encender la lámpara que había encima del escritorio.

Ya podían trabajar con total tranquilidad.

Sin embargo, en cuanto miró al comisario, fue incapaz de contener una carcajada.

Montalbano se molestó.

—Cuéntamelo, a ver si me río yo también un poquito.

—Lo siento, *dottore*, pero parece mismamente un pescado rebozado en harina, a punto de pasar por la sartén.

Montalbano se miró el traje y los zapatos. Estaban blancos. Por lo visto, con el trompazo se había abierto algún tambor de detergente.

Entró en el aseo del despacho y se miró al espejo. Parecía un payaso. Se lavó y, al volver, se sentó en la silla del director.

Miró a su alrededor.

Tal como recordaba, la americana y la corbata estaban en un colgador de pared, al lado de la puerta.

—Saca todo lo que encuentres en la americana y tráelo.

Encima del escritorio, Borsellino no tenía nada de nada, ni un papel, ni un bolígrafo, ni ninguna de las cosas que suelen encontrarse encima de un escritorio.

Montalbano abrió el cajón central, el que había sido forzado. No se había fijado al mirar en su interior la primera vez, pero en aquel momento se dio cuenta de que Borsellino tenía todo lo necesario para escribir, papel, bolígrafos, lápices y sellos, en aquel cajón. El teléfono, en cambio, estaba en un mueblecito, a un lado. Mientras tanto, Fazio había puesto encima del escritorio una cartera, cinco hojas dobladas en cuatro y un librillo de cerillas usado, de aquellos que regalaban en los hoteles, en los *night clubs* y en los restaurantes en los tiempos dichosos en que se podía fumar libremente, sin riesgo de multas ni de cárcel. En la parte interior del librillo había un nombre: «Chat Noir.»

—Eso es todo, *dottore.*

En la cartera había ciento cincuenta y cinco euros, las tarjetas de débito y de crédito y la sanitaria, el carnet de identidad, la fotografía de una señora que debía de haber sido su mujer y el recibo para ir a recoger unas gafas que había llevado a reparar.

Las cinco hojas eran las cuentas de entrada y salida de la mercancía del supermercado.

«Por cierto —se preguntó el comisario—, ¿dónde tendría el ordenador Borsellino?»

Abrió el cajón de la derecha. Estaba allí dentro. Un poco por debajo del borde del escritorio, encontró las tomas eléctricas y telefónica.

—¿Tú sabes qué es el Chat Noir? —preguntó.

—Sí, señor. Es una especie de club de alterne de Montelusa.

—Sinceramente, no me cuadra en absoluto que Borsellino fuera un habitual de esos locales.

—Ni a mí.

—Y, entonces, ¿por qué crees que llevaba estas cerillas en el bolsillo?

—Bueno, puede haber muchas razones. Es posible que se las diera alguien.

—Pero ¡si no fumaba! ¿De qué le servían?

—Es posible que se las metiera en el bolsillo en un acto reflejo —siguió enunciando Fazio.

Al cabo de un segundo, Montalbano le sonrió.

—¿Me haces un favor? Mira debajo del escritorio, a ver si encuentras un cenicero y una colilla.

Fazio se tumbó boca arriba, porque entre los bajos del mueble y el suelo había una distancia de menos de diez centímetros.

—Aquí están —dijo, y se levantó para colocar encima del escritorio colilla y cenicero—. Pero ¿cómo sabía que...?

—Me he imaginado la escena.

—Cuéntemela.

—El asesino entra con un cómplice, se sienta, saca un paquete de tabaco y entonces Borsellino busca un cenicero en el cajón central y se lo ofrece. El asesino enciende un cigarro con la última cerilla y tira el librillo encima del escritorio. Borsellino, que no soporta ver nada encima de su mesa, lo recoge en un acto reflejo, como has dicho tú, y se lo guarda en el bolsillo. Luego, en el forcejeo que precede al ahorcamiento, el cenicero termina debajo del escritorio. ¿Te cuadra?

—Me cuadra.

—Mira, mete la colilla y las cerillas en una bolsita de plástico. Pueden ser importantes.

Mientras Fazio obedecía, a Montalbano se le ocurrió de pronto otra cosa.

—¿Adónde ha ido a parar el móvil?

—¿Qué móvil?

—El de Borsellino.

—¿Tenía uno?

—Desde luego. Recuerdo perfectamente que la primera vez que vine lo tenía en la mano.

—Mire bien en los cajones.

Montalbano volvió a abrir el central y metió la mano hasta el fondo. Bolígrafos, lápices, sobres, hojas con membrete, sellos, cajitas de sujetapapeles, gomas elásticas...

Miró otra vez en el de la derecha. Sólo el ordenador.

Abrió entonces el de la izquierda. Recibos, hojas de envío, libros de contabilidad...

Ni rastro del móvil.

—Quizá se lo llevaron los asesinos —dijo Fazio.

—O puede que se lo olvidara en casa al ir a comer y cambiarse de camisa.

—Es posible —reconoció Fazio.

—¿Y sabes qué quiere decir eso?

—Que tenemos que ir a su casa —contestó Fazio, resignado.

—Has acertado. Métalo todo otra vez en la americana y larguémonos de aquí.

Mientras Fazio volvía a dejar la cartera en su sitio, el comisario lo oyó soltar una exclamación ahogada.

—¿Qué pasa?

—Puede que el móvil esté aquí, en el bolsillo interior de la americana. Antes no he mirado.

Metió dos dedos y sacó algo que no era un teléfono móvil.

Se trataba de un objeto más corto y más grueso que un termómetro, pero que tampoco era un termómetro, porque era metálico.

—¿Qué es? —preguntó Montalbano.

—Pero, *dottore*, ¡si ha visto un montón en las ruedas de prensa! ¡Las utilizan los periodistas!

—¿Y para qué sirven?

—Son grabadoras que luego se conectan al ordenador. Son muy sensibles y duran mucho. Pero no sé cómo se llaman.

—Dámela.

Fazio se la entregó y Montalbano se la metió en el bolsillo interior de la americana.

—¿Sabes qué te digo? Por si acaso, vamos a llevarnos también el ordenador.

Fazio trasteó en el cajón abierto y al rato dijo:

—Listo.

Salieron del despacho y se adentraron en la oscuridad.

—*Dottore* —dijo Fazio—, vaya detrás de mí sin quitarme las manos de los hombros. Así no nos pasa lo mismo otra vez.

Nadie los vio salir del supermercado.

Y no se cruzaron con nadie de camino al coche.

También al llegar a las cercanías de la casa de Borsellino, Fazio aparcó en una calle próxima. Pero eran ya las tantas y sólo había dos perros y tres gatos que se peleaban al lado de un contenedor. Antes de bajar del coche, Fazio cogió dos linternas y le dio una al comisario.

—Borsellino vivía en el quinto —comentó por el camino.

—¿Hay ascensor? —le preguntó Montalbano, preocupado.

—Sí, señor. ¿Qué hacemos?

—¿A qué te refieres?

—¿Vamos al sexto y bajamos un piso o vamos al cuarto y subimos?

—Lo primero —contestó el comisario.

Fazio abrió el portal del edificio como si llevara toda la vida viviendo allí. En cambio, la puerta del piso opuso más resistencia.

—¿Qué pasa?

La llave se negaba a entrar en la cerradura.

Volvió a intentarlo.

—¡Esto es nuevo! —exclamó en voz baja—. ¡Hace unas horas se abría perfectamente!

Al final lo consiguió, entraron y cerraron. Encendieron las linternas.

El piso constaba de un recibidor, cuatro estancias que daban a un pasillo, dos baños y una cocina. Era evidente que Borsellino, tras la muerte de su mujer, no había querido más mujeres en casa. Lo tenía todo en perfecto orden.

El móvil no estaba ni en el dormitorio, ni en el comedor, ni en la salita. Y tampoco en la cocina ni en los dos baños.

La última habitación era una especie de estudio.

Había un escritorio clavadito al del supermercado, una butaca y un par de archivos metálicos repletos de carpetas. Ningún móvil a la vista.

Montalbano abrió uno tras otro los tres cajones del escritorio y enseguida se convenció de que el teléfono tampoco estaba allí.

Pero había algo que no encajaba... De pronto, se dio cuenta de lo que era.

Un poco por debajo del borde del sobre, a la altura del cajón de la derecha, había una serie de tomas eléctricas y telefónicas para conectar un ordenador. Pero en el escritorio no había ninguno.

Fazio, que había seguido sus movimientos atentamente, lo pilló al vuelo.

—Puede que no tuviera ordenador en casa. Son escritorios que vienen preparados, pero eso no quiere decir que...

Montalbano apartó un poco los papeles de encima del escritorio, y aparecieron un ratón y un teclado.

Se los enseñó sin hablar.

De repente, Fazio se dio una palmada en la frente y echó a correr hacia la entrada. Montalbano fue tras él.

El inspector abrió la puerta poco a poco, trató de meter la llave y enseguida encontró resistencia.

—La han forzado... —susurró—. Ha entrado alguien y...

—...y ha mangado el ordenador —concluyó Montalbano.

—Pero lo raro es que lo han hecho después de que yo
probara las llaves, eso seguro. Mientras estábamos en el
supermercado. Y puede que...

—...Ahora hayan ido a buscar el otro, sin saber que lo
tenemos nosotros —volvió a concluir el comisario—. Parece una carrera de relevos.

—¿Qué hacemos? ¿Vamos a por ellos? —propuso Fazio.

—Vamos.

Fueron corriendo al coche. Por el camino, Fazio preguntó:

—¿Va armado, jefe?

—No. ¿Y tú?

—Yo sí. En la guantera hay una llave inglesa. Si la coge,
será mejor que nada.

«Últimamente, hay muchas llaves inglesas en mi vida»,
rumió mientras se la metía en el bolsillo.

—Primero vamos a pasar por la entrada principal, a ver
si hay algún coche aparcado —propuso Fazio.

No vieron ninguno. Entonces, con cautela, el inspector
condujo hasta la zona trasera. Tampoco había nada.

Bajaron del coche y lo primero que vieron fue el precinto tirado en el suelo. Fazio, de eso no cabía duda, había
vuelto a colocarlo al salir.

Así pues, dentro del supermercado había o acababa de
haber alguien.

7

Obtuvieron la confirmación de que alguien había entrado después de ellos en el supermercado cuando también en aquella cerradura costó bastante meter la llave.

Al final, Fazio consiguió hacerla girar, pero, en contra de lo que esperaba Montalbano, no abrió de inmediato. No sólo eso, sino que incluso se volvió para mirarlo.

—¿Qué? —preguntó el comisario.

—Primero, hagamos un pacto —propuso el inspector jefe.

—A ver.

—Entro yo, pero usía no.

—¿Cómo? ¿Y eso por qué?

—Porque usía va desarmado.

—Pero ¡si tengo la llave inglesa!

—¡Menudo miedo les va a meter a ésos con su llave inglesa! Me juego los cojones a que son los mismos delincuentes que han matado ya a dos personas.

—Escúchame bien, Fazio. ¡Yo no me quedo aquí, y punto! Y no te olvides de que soy tu superior.

—*Dottore*, con el debido respeto, piense un poco. Usía, a oscuras, no es capaz de dar ni un paso. No ve ni a un milímetro de distancia. Y, si acaba montando otro escándalo con los tambores, ésos nos fríen a tiros antes de que podamos abrir la boca.

Humillado y ofendido, pero consciente de que Fazio tenía razón, no se vio capaz de rebatirlo.

—¿De acuerdo?

—Está bien —respondió Montalbano, resignado.

Fazio sacó la pistola, la amartilló, abrió la puerta y entró.

El comisario la mantuvo entornada y se quedó vigilando por el resquicio.

Pero no venía nada, ceguera absoluta. Desde luego, todo eso era culpa de la edad, estaba claro. Y encima tampoco oía nada, porque Fazio sabía moverse como un gato.

No habían pasado ni cinco minutos cuando reapareció.

—Han estado aquí, pero se han largado.

—¿Cómo sabes que han venido?

—Han dejado todas las puertas de los armarios abiertas y también los tres cajones del escritorio. Buscaban el ordenador. Suerte que hemos llegado a tiempo de pescarlo nosotros.

Al llegar a Marinella, se dio una ducha para quitarse el detergente, que se le había metido por el cuello de la camisa y se le extendía por el pecho y los hombros, y le costó Dios y ayuda, porque aquel polvo, al entrar en contacto con el agua, hacía más burbujas que el jabón.

Cuando por fin se metió en la cama, olía a ropa recién lavada.

Sin embargo, no consiguió conciliar el sueño con facilidad.

Una pregunta le rondaba la cabeza, insistentemente: ¿por qué Borsellino iba con una grabadora de esa clase en el bolsillo de la americana?

Desde luego, no siempre la llevaría allí, debía de tener la costumbre de metérsela en el bolsillo después de utilizarla.

Pero... ¿para qué le servía? ¿Quizá grababa música?

No, el director no era de los que escuchan a Chopin o a Brahms.

Y tampoco era hombre de ópera. Y menos aún de cancioncillas modernas.

Así pues, era evidente que, en alguna ocasión, grababa lo que se decía en su despacho.

¿Con qué fin?

Probablemente, cuando había que reprender o incluso despedir a algún dependiente, ponía en marcha la grabadora.

Así, si luego había alguna queja, siempre podía demostrar cómo habían pasado las cosas en realidad.

Satisfecho con la explicación que se había dado, se durmió por fin.

De madrugada, tuvo un sueño.

Y lo recordó porque, justo a mitad de lo que estaba soñando, se despertó. Así que, por una vez, lo tenía fresco en la memoria.

En el sueño, había aparecido un trozo de una película americana que había visto hacía mucho.

Se titulaba *Los invencibles*.

No, se equivocaba, la película se llamaba *Los intocables*.

Trataba de la guerra que había declarado un grupo especial de la policía al famoso Al Capone.

Recordaba una escena que le había gustado muchísimo, la de la detención del contable de Al Capone en la enorme escalinata de una estación de tren.

Atrapar al misterioso contable era importantísimo, porque con sus archivos podía demostrarse que el jefe mafioso evadía impuestos.

Lo gracioso del sueño era que en esa escena él, Montalbano, era el jefe de policía y Fazio, su ayudante.

En la película resultaba que, justo cuando los dos policías americanos tenían en el punto de mira a los guardaespaldas que protegían al contable, a una mujer se le escapaba un cochecito con un bebé y se precipitaba escaleras abajo. Estaba claro que se trataba de un homenaje al gran director soviético Eisenstein.

En el sueño, como Montalbano no tenía que rendir homenaje a nadie, ya no salía un cochecito, sino un tambor de detergente en cuyo interior no había un bebé, sino el director Borsellino con pañales, gorrito y gafas, llorando desesperado y pidiendo auxilio por el móvil.

Fazio trataba de detener el tambor-cochecito, pero no lo conseguía y el cilindro, con Borsellino en el interior, acababa aplastado por una locomotora que llegaba en ese momento.

Mientras tanto, los guardaespaldas del contable le disparaban a él, a Montalbano, latas de tomate en conserva. Y una de ellas, al romperse, iba a darle justo encima de la frente. Fazio, al ver todo aquel líquido rojo que le caía de la cabeza, se llevaba un susto de muerte.

—Pero, jefe, ¡si está herido! —le gritaba.

—¡No, Fazio, es tomate en conserva! ¿No te acuerdas de que estamos en una película?

En resumen, el típico enredo del hampa.

Luego recordó que, antes de salir de incursión nocturna con Fazio, se había metido entre pecho y espalda un buen plato de aquel dichoso pulpo.

Ésa era la explicación de todo el embrollo del sueño: no lo había digerido bien.

Se despertó sólo porque había puesto el despertador. Estaba completamente aturdido. No había dormido ni tres horas. Por prudencia, lo primero que hizo fue coger lo que aún quedaba del pulpo en la nevera y sacarlo al porche. Se lo zamparían los gatos.

Después se dio una ducha larguísima, con fines más estimulantes que higiénicos, a la que puso fin únicamente porque le daba miedo acabarse toda el agua del depósito.

A continuación, se puso un traje limpio. El del día anterior estaba demasiado rebozado y lo había metido en el cubo de la ropa sucia. Adelina se encargaría de llevarlo a la tintorería.

Estaba listo para salir, cuando sonó el teléfono.

«¡Oh, Dios todopoderoso! —se dijo—. ¡Ahórrame el muerto matutino! No estoy en condiciones de investigar ni si sigo vivo.»

Pero era Livia.

—¿Cómo estás?

¿Dónde había leído Montalbano que nunca había que hacerle esa pregunta a nadie?

—Bastante bien. ¿Y tú?

—Yo no he dormido por tu culpa.

—¿Por mi culpa?

—Sí. Como anoche acabamos... un poco mal, quería... Bueno, quería pedirte disculpas. Te he llamado cada media hora. Pero no contestabas. A las tres lo he dejado, aunque me he quedado intranquila. ¿Por qué no cogías el teléfono?

—Livia, amor mío, trata de razonar y respóndeme: ¿tú por qué crees que nos peleamos ayer?

—Ya no me acuerdo, la verdad.

—Te refresco la memoria. Nos peleamos porque estabas harta de que tuviera que salir por trabajo. ¿Ahora te acuerdas?

—Vagamente.

¡Aquella mujer era capaz de hacerle perder la cabeza!

—En conclusión: como estaba fuera, no podía contestar a tus llamadas. Elemental, querido Watson.

—¡Ajá!

—¿A qué viene eso de «ajá»?

—¡Viene a que, en realidad, si me llamas «Watson» es porque te crees Sherlock Holmes!

¡No, una bronca de primera hora de la mañana no, eso no!

—Adiós, Livia, hasta la noche. Ahora tengo que irme corriendo.

—Eso, huye de mí.

¡Virgen santa! ¡Qué antipática podía llegar a ser!

—Catarè, ¿Fazio no te habrá dado un ordenador, por casualidad?

—Sí, *siñor dottori*. Me lo ha confiado. ¿Me explica qué debo hacer con el susodicho?

—Lo abres, miras todo lo que hay dentro, pero todo todo, y luego me das el parte.

Catarella se quedó atónito.

—¿Qué pasa?

—Que no he entendido qué parte quiere que le dé.

—¿Cómo que qué parte?

—Sí, que qué parte del *ordinador* quiere que le dé.

—Catarè, quiero decir, simplemente, que me hagas un informe de todo lo que contiene.

—Menos mal, *dottori*. Ya me veía abriéndolo con un destornillador.

Entró Fazio.

—¿Novedades?

—Ninguna, *dottore*.

—¿Y Augello?

—Han denunciado que esta noche ha habido un intento de robo en una peletería, y el *dottore* ha ido para allá.

—Esperemos que luego no lo acusen de haber inducido al propietario al suicidio.

—Esta vez no hay peligro, *dottore*. La peletería pertenece a un tal Alfonso Pirrotta, uno de los pocos que se niegan a pagar el *pizzo* a la mafia.

—O sea, que el intento de robo será una advertencia para convencerlo de que pague —presumió Montalbano. Y luego preguntó—: ¿Cuánta gente hay en Vigàta que no pague?

—En este momento, unos treinta. Pero puede que aumenten. En Montelusa hay un juez nuevo, Barrafato, que no se arruga ante nadie, y los comerciantes se sienten alentados.

—¡Pobre Barrafato!

Fazio lo miró sorprendido.

—¿Por qué dice eso?

—Porque, tarde o temprano, a fuerza de tocar los cojones a la mafia, Barrafato acabará ante el Tribunal Superior de la Magistratura por una escucha telefónica que, según algún diputado, no debería haber autorizado; verá su nombre arrastrado por el barro en todos los periódicos y televisiones, y al final acabarán trasladándolo por incompatibilidad con el destino. ¿Cuánto va?

—Nada. No me gusta perder las apuestas.

Fazio volvió al cabo de un rato con una sonrisita que no le gustó nada al comisario.

—¿Qué, *dottore*? ¿Hacemos otro intento?

—¿De qué?

—De echar unas firmitas.

Montalbano pensó en jugárselo a cara o cruz, pero, como no tenía nada que hacer, aceptó el suplicio.

—Está bien, tráeme diez.

Apenas había acabado de leer y firmar la mitad de los expedientes, cuando sonó el teléfono. Miró la hora, eran ya casi las once. Contestó con muchas ganas, por si había sucedido algo que le ahorrara aquel latazo de las firmas. Era Catarella.

—*Dottori*, parece que tengo a aquel *siñor* del otro día que quería hablar con usía personalmente en persona.

—¿Cómo que aquel señor del otro día? ¿Te ha dicho cómo se llama?

—Sí, sí, *siñor dottori*. Strangio.

¡¿Strangio?! ¿Giovanni Strangio? ¿El conductor loco?

No era posible. Catarella, fiel a sí mismo, se equivocaba de apellido.

—¿Seguro que se llama Strangio?

—La mano en el fuego, *dottori*.

A esas alturas, de tanto meter la mano en el fuego Catarella debería haber tenido poco más que un muñón humeante.

¿Y qué podía querer Strangio?

Antes de recibirlo, era mejor cerciorarse de que se trataba de él.

—Mira, hazlo pasar a la salita. ¡Ah, espera! Mientras lo acompañas, comprueba si lleva una llave inglesa en el bolsillo.

Mejor curarse en salud.

Catarella volvió al poco rato al aparato.

—¿Sabe qué se me ha ocurrido? He hecho ver que resbalaba y, para no caer, me he agarrado a él mismo propiamente y así he podido cachearlo. ¿A que ha sido buena idea?

—Muy bien, enhorabuena. Pero ¿lleva una llave o no?

—No, *siñor dottori*. La mano en el fuego.

Aún no estaba convencido del todo.

Dejó pasar unos minutos, se levantó, salió de su despacho, pasó por delante de Catarella haciéndole un gesto con un dedo en los labios para que no dijera nada, asomó la cabeza por la puerta de la calle y miró hacia el aparcamiento.

Allí estaba el BMW que tan bien conocía.

No cabía duda de que se trataba de él, en efecto.

Volvió a pasar por delante de Catarella, que lo miraba atónito y en posición de firmes, regresó a su despacho y descolgó el auricular.

—Catarè, pásame a Fazio.

Apenas tuvo tiempo de contar hasta cinco.

—Dígame, *dottore*.

—Oye, Fazio, ha venido aquel conductor, Strangio, el mismo al que detuve el otro día por la mañana, el que tiene la sangre demasiado caliente y...

—Me han contado la historia, *dottore*, pero yo a ese Strangio no lo he visto en persona.

—Da igual, ahora lo verás. Como no sé por dónde me va a salir, quizá sería mejor que estuvieras presente en la conversación.

—Ahora mismo voy.

Con un personaje como aquél, mejor cubrirse las espaldas.

Llegó Fazio y se sentó en una de las dos sillas que había delante de la mesa.

Montalbano llamó a Catarella y le dijo que hiciera pasar al hombre que quería hablar con él.

Al verlo, Montalbano se quedó desconcertado.

El que entraba no parecía el Giovanni Strangio que había conocido, sino una especie de hermano gemelo.

Todo lo que tenía aquél de alocado, histérico y amenazador lo tenía éste de educado, centrado y compuesto.

—Buenos días —saludó.

—Póngase cómodo —dijo Montalbano, señalando la silla libre.

Strangio se sentó.

—¿Puedo fumar? —preguntó.

—La verdad es que no está permitido —contestó el comisario—. Pero podemos hacer una excepción.

¿No era bien sabido que a los locos no había que llevarles la contraria?

Strangio sacó el paquete de tabaco y el mechero y encendió un pitillo.

Entonces fue cuando el comisario y Fazio se dieron cuenta de que al muchacho le temblaban mucho las manos. Estaba claro que a duras penas conseguía controlar alguna fuerte inquietud que lo turbaba.

Montalbano intercambió una mirada fulminante con Fazio para comunicarle que estuviera en guardia.

Lo más acertado era no obligarlo a hablar, que se tomara todo el tiempo que necesitara.

—Estoy aquí porque... Bueno, porque he venido a denunciar un homicidio —dijo de pronto el chico.

Fue como si hubiera soltado una bomba en mitad de la habitación.

Fazio se levantó de un brinco, Montalbano se puso rígido contra el respaldo de la silla.

—¿El homicidio de quién? —se aventuró a preguntar el comisario.

—De mi... mi novia —contestó el otro.

A Montalbano y a Fazio se les cortó la respiración.

—Se llama... Se llamaba Mariangela Carlesimo.

Dio la última calada.

—¿Dónde la tiro? —preguntó, mostrando la colilla.

La pregunta cortó la tensión del momento.

Montalbano se relajó y Fazio dijo:

—Démela a mí.

Y fue a tirarla por la ventana.

—Por supuesto, no la he matado yo —añadió Strangio—. Yo sólo... sólo me la he encontrado muerta. Y además...

—Un momento —lo interrumpió Montalbano—. No diga nada más. Le ruego que no siga adelante.

El muchacho lo miró con curiosidad, lo mismo que Fazio.

—Verá, resulta que fui yo quien lo detuvo y lo denunció por el incidente de anteayer.

—¿Y eso qué quiere decir?

—Quiere decir que quizá no sea la persona más indicada para ocuparme de un delito en el que, de un modo u otro, usted también está implicado.

—¿Por qué?

—Porque podrían acusarme de dirigir la investigación, digamos, de forma poco imparcial. ¿Me entiende?

—Perfectamente. ¿Y entonces?

—Entonces voy a ser más explícito. ¿Ha hablado ya con el abogado Nullo Manenti?

—Sí, señor. Es la primera persona a la que he informado.

—¿Y la segunda ha sido su padre?

Tendría que haberse mordido la lengua. Se le había escapado.

En cualquier caso, el chico no reaccionó ante la provocación.

—Naturalmente.

—¿Y el abogado qué le ha dicho?

—Que viniera a verlo a usted.

—¿Por qué no lo ha acompañado?

—Estaba ocupado en los juzgados.

Fazio no aguantaba más y preguntó al comisario:

—¿Qué quiere hacer?

—¿Dónde está la muerta? —preguntó a su vez Montalbano al muchacho.

—En casa. Vivimos juntos desde hace un tiempo.

—Vamos —dijo el comisario, levantándose.

—¿Aviso a la científica, al fiscal y al *dottore* Pasquano? —preguntó Fazio.

Montalbano estaba a punto de decirle que sí, pero se contuvo. ¿No era mejor ver primero si aquella muerta existía de verdad? ¿No era posible que aquel loco se lo hubiera inventado todo?

—Ya te diré yo cuándo llamarlos.

—¿No quiere saber nada más? —preguntó el chico, sorprendido.

—Me basta con lo que me ha dicho. Lo demás prefiero que se lo cuente al fiscal y no a mí.

—Como quiera. ¿Vamos con mi coche? —preguntó Strangio.

¿Para ir a estamparse contra un árbol?

—No, vamos en uno de servicio. ¿Está Gallo?

—Sí, señor —contestó Fazio, y fue a llamarlo.

Montalbano y Strangio salieron poco después de la comisaría y se quedaron esperando el coche de servicio. El muchacho encendió otro pitillo.

El comisario lo miraba atentamente, porque una especie de temblor le recorría el cuerpo y parecía vibrar de la cabeza a los pies como si lo atravesara una corriente eléctrica.

Y todo sucedió de repente.

8

En cuanto apareció el vehículo de servicio conducido por Gallo, Strangio tiró el pitillo bien lejos, pegó un gran salto y voló con entusiasmo para acabar debajo de las ruedas.

Por suerte, el coche estaba ya deteniéndose e iba a poca velocidad.

El resultado fue que Strangio no consiguió que lo atropellara y sólo se dio un buen cabezazo contra el parachoques y se quedó tirado en el suelo, mientras empezaba a brotarle sangre a borbotones de la frente.

Fazio y Montalbano se acercaron a él. A simple vista no parecía nada grave.

Gallo entró corriendo en la comisaría. Strangio se puso a llorar.

Entonces volvió Gallo con desinfectante y algodón y trató de cortar la hemorragia, pero no había forma: la herida era demasiado grande.

—Llevadlo a urgencias —ordenó Montalbano—. Y luego pasad a recogerme.

En lugar de volver de inmediato a su despacho, prefirió quedarse fuera, fumando un pitillo.

No le había hecho ninguna gracia el numerito de Strangio.

Había comprendido perfectamente que no se trataba de una reacción impulsiva, instigada por el dolor, la desesperación o el remordimiento, o a saber qué otro motivo. No, había sido un gesto hecho con frialdad, un acto pensado y calculado al milímetro. En aquel momento, Strangio no estaba fuera de sí, por mucho que quisiera aparentarlo. Era evidente que pretendía provocar algún efecto. Pero... ¿cuál?

Era la típica maniobra de un culpable que quiere parecer inocente. Era como firmar el asesinato. Seguro que luego diría que había decidido tirarse debajo del coche por la desesperación de haber perdido a su novia.

Pero Montalbano decidió no seguir razonando, porque si no acabaría formándose ideas preconcebidas.

Entró en su despacho.

Y, precisamente para obligarse a no pensar en nada, siguió firmando los dichosos expedientes.

Fazio se presentó al cabo de una hora.

—¿Cómo ha ido?

—Le han dado cinco puntos.

—¿Y ahora dónde está?

—Ahí fuera. En el coche.

—¿Está en condiciones de...?

—*Dottore*, créame: aparte de un ligero dolor de cabeza, ése está estupendamente.

En cuanto salieron, Montalbano vio a Gallo, que se dirigía hacia el coche con un balde lleno de agua y una esponja.

—¿Qué vas a hacer?

—Lavar el parachoques. Está manchado de sangre.

—Espera. ¿Tenemos una Polaroid?

—No, señor, pero yo tengo una buena cámara.

—Mejor aún. Ve por ella y haz unas cuantas fotos de las manchas. Luego lo limpias.

—¿Me explica por qué? —preguntó Fazio.

—Porque Strangio es capaz de cualquier cosa, hasta de jurar que la cabeza se la hemos abierto nosotros en comisaría para hacerle confesar el asesinato.

No había nada que hacer: aquel muchacho le despertaba un prejuicio muy arraigado. Claro que estaba ampliamente justificado.

Lo mejor sería pasarle el caso a alguien en cuanto se presentara la ocasión.

Strangio vivía en una casa de planta baja y primer piso, en la via Pirandello, número 14. Era una calle algo apartada del centro, paralela a la carretera provincial que tomaba Montalbano para ir y volver de Marinella.

A la derecha de la casa, casi tocándola, separado por un callejón por el que a duras penas pasaba un coche, había un bloque de seis plantas. No se veía a nadie asomado, con la excepción de una señora de cierta edad que disfrutaba del sol.

Por suerte, aún no había corrido la voz de la muerte de la chica.

Una verja que se había quedado abierta daba paso a un caminito transitable en coche que cruzaba un jardín pequeño y mal cuidado. Había más hierbajos que plantas con flores. El caminito continuaba hasta la parte de atrás de la casa.

Fazio aparcó justo delante de la verja. Bajaron todos.

—Andando —dijo Montalbano a Strangio.

Recorrieron el caminito y llegaron a la puerta principal. El muchacho, que ya tenía la llave en la mano, la metió en la cerradura, pero vaciló un momento antes de hacerla girar. Luego se decidió a abrir, pero se apartó de inmediato.

—¿Tengo que ir yo delante? —preguntó.

—Sí.

—No me veo capaz —aseguró, indeciso, llevándose una mano a la cabeza vendada.

Estaba pálido como un muerto.

—¿Prefiere quedarse fuera? —le preguntó Montalbano.

—Si fuese posible...

—Acláreme sólo una cosa. ¿Por qué ha decidido presentarse en la comisaría en lugar de avisar por teléfono nada más descubrir el cadáver?

Strangio tragó saliva, debía de tener la boca seca.

—No lo sé... Mi primer impulso ha sido salir corriendo lo más lejos posible.

—Muy bien. Gallo, quédate con él. ¿Dónde está?

—¿Quién? —preguntó Strangio, sorprendido.

—El cadáver.

—Arriba. En el estudio.

En la planta baja había un comedor, una sala de estar, una cocina y un baño. Una preciosa escalera de madera llevaba al primer piso. Subieron.

Arriba se encontraron una gran habitación de matrimonio con la cama revuelta, una habitación de invitados, un baño y el estudio.

Toda aquella planta estaba impregnada del olor dulzón de la sangre, un olor que Fazio y Montalbano conocían bien y que se atascaba en la garganta como un sabor nauseabundo.

Encima de la mesa del estudio yacía cruzado el cuerpo completamente desnudo y despatarrado de una chica rubia, de melena larguísima, que debía de haber sido muy guapa.

La habían abierto en canal. No podía decirse de otra forma.

Presentaba una única herida. Y el asesino se había ensañado tanto con los pechos y el bajo vientre que podía apreciarse el interior de la carne desgarrada.

En el suelo, la sangre había formado un charco enorme y era imposible acercarse sin pisarla.

Montalbano no lo aguantó.

—Avisa a todo el mundo —dijo, y salió de la habitación.

Ahora entendía por qué Strangio no se había visto con fuerzas de subir con ellos.

Bajó hasta el vestíbulo, se asomó a la puerta y llamó a Gallo y al muchacho. Los tres se quedaron esperando en la sala de estar.

Y nadie dijo nada hasta que llegó la científica.

Poco después se presentó el *dottore* Pasquano.

Había llegado con la ambulancia y los dos empleados que iban a llevarse el cadáver al Instituto Anatómico Forense, para la autopsia. No saludó a nadie y tenía cara de pocos amigos. Sin duda, la noche anterior había perdido al póquer.

—¿Dónde está?

—Arriba —contestó Fazio.

Pasquano desapareció, pero reapareció al cabo de un minuto, con la cara colorada y más cabreado que antes.

—¡Menuda payasada! ¡Me han dicho que aún hay que esperar media hora! ¡Se lo pasan pipa haciendo fotos! ¡Como si sirvieran para algo! ¡Yo no puedo perder el tiempo!

Se sentó, furioso, en una butaca que estaba junto a la del comisario, se sacó un periódico del bolsillo y se puso a leer.

Sin embargo, cuando a Montalbano se le ocurrió alargar el cuello para ver mejor un titular, el *dottore*, después de fulminarlo con la mirada, se levantó y fue a sentarse en una silla apartada.

Gallo tenía los ojos clavados en el suelo, Strangio estaba con las dos manos encima de la cabeza, Pasquano leía y murmuraba, y Fazio, que había bajado al llegar la científica, consultaba un papel.

El comisario tenía la impresión de estar en la salita de espera de un dentista.

Se levantó y salió al jardín a fumarse un pitillo.

Poco después, se le acercó Fazio.

—*Dottore*, ¿me explica por qué no interroga a Strangio?

—Sería perder el tiempo.

—¿Y eso?

—Estoy seguro de que, en cuanto recupere la capacidad de discernir y de hablar, el jefe superior me quitará el caso. Y esta vez tendrá sus buenas razones.

—¿Sólo por eso?

Fazio era una persona inteligente y con esa pregunta lo demostraba.

—Fazio, los demás motivos los comprendes tú solo.

—¿Le da miedo que estén preparándole una encerrona?

—En cierto modo, sí. Además, si en un momento dado se sacan de la manga que tenía motivos para ser hostil con el chico, los resultados de mi investigación pueden invalidarse con facilidad.

En ese momento llegó el fiscal Tommaseo con el actuario Deluca.

—Disculpen el retraso. Por desgracia, he tenido un pequeño percance con el coche.

Tommaseo, además de llevar lentes gruesas que parecían cristales blindados, conducía como un drogado borracho. No había cosa, árbol, contenedor o palo en las calles que recorría contra los que no fuera a estrellarse. Pero, como iba a treinta por hora, sólo recibía daños el coche.

—¿Quién es la víctima? —preguntó a Montalbano.

—Una chica jovencísima y guapísima —contestó el comisario. Y, cuando los ojos de Tommaseo ya empezaban a centellear, le puso la guinda—: Completamente desnuda.

—¿La han forzado?

—Es muy probable.

Tommaseo se lanzó como una flecha hacia la puerta y desapareció en el interior de la casa en un abrir y cerrar de ojos.

—Vete con él —dijo Montalbano a Fazio—. Y cuando empiece a interrogar a Strangio, avísame. Quiero estar delante.

95

Tommaseo tomó declaración al muchacho en la sala de estar y el actuario lo anotó todo. Fazio estuvo presente y a Gallo se le pidió que saliera.

También al *dottore* Pasquano, que, blasfemando, prefirió meterse en el comedor.

—Empiece por sus datos personales.

Strangio obedeció.

Al oír el nombre de su progenitor, Tommaseo tuvo un momento de vacilación.

—¿No será hijo del...?

—Sí, el presidente de la provincia es mi padre.

—Ah —contestó Tommaseo. Soltó un suspiro y continuó—: Indique cómo ha descubierto el homicidio.

Parecía que el muchacho había recuperado el control. Ahora incluso se lo veía relajado y ya no le temblaban las manos. Quizá el cabezazo y la pérdida de la sangre que le calentaba las ideas le habían sentado bien.

—Esta mañana, al llegar a Punta Raisi...

—¿De dónde procedía?

—De Roma.

—¿Por qué se encontraba en Roma?

—Por trabajo.

—¿Trabaja en la capital?

—No, aquí, he tenido que ir a Roma a una reunión.

—¿Para quién trabaja?

—Para IBM. Fabricante de ordenadores, impresoras... Aunque, en realidad, no tengo ningún contrato con la empresa. Soy el representante exclusivo en Sicilia. Los representantes tenemos una reunión al mes en Roma, de un solo día. La fecha varía cada vez, pero siempre es a lo largo de la primera semana.

—Es decir, que ayer pasó todo el día en Roma.

—Sí.

—¿A qué hora salió de Palermo?

—¿Ayer? Cogí el vuelo de las siete de la mañana.

—Prosiga con su relato.

—Esta mañana, nada más aterrizar en Palermo con el vuelo de las nueve, que ha llegado puntual, he ido a buscar el coche (lo dejé ayer en el aparcamiento) y sin perder tiempo he venido corriendo a Vigàta. Pero...

—Pero...

—Estaba intranquilo. Había algo raro.

—¿El qué?

—Resulta que siempre, en cuanto aterrizo en Punta Raisi, llamo a Mariangela, mi novia. Esta mañana también, pero no ha cogido el teléfono. He insistido varias veces mientras venía con el coche, y nada. Me he preocupado, claro.

—¿Por qué? La señorita podía haber salido a hacer la compra o por cualquier otra razón.

—Mariangela nunca se levanta antes de las diez.

—Podría haber ido a ver a sus padres.

—No viven en Vigàta.

—¿La ha llamado al móvil o al fijo?

—Al teléfono de casa. Tiene un aparato allí mismo, en la mesilla de noche. He dejado que sonara un buen rato.

—¿Por qué no ha llamado también al móvil?

—Porque Mariangela tiene... tenía la costumbre de apagarlo y no encenderlo hasta que se levantaba. Además, sabía que la llamaría, como de costumbre, en cuanto aterrizara, así que...

—Siga.

—Al llegar he metido el coche en el garaje, que está en la parte de atrás, y he entrado en casa pasando por el jardín. He abierto la puerta y la he llamado, pero no ha contestado. He pensado que dormiría profundamente, a veces tomaba algún somnífero... Luego he subido y he ido al dormitorio. No estaba. He salido al pasillo y desde allí he visto algo... algo horrible encima de la mesa del estudio. He dado un paso y... Eso es todo.

—Entonces, ¿no ha entrado en el estudio?

—No.

—¿Por qué?

—Pues... Un poco porque las piernas se negaban a moverse... Un poco porque ya me había dado cuenta de que no había nada que hacer. Y también... también porque no acababa de creérmelo. No sé cómo explicarlo...

—¿Cómo ha comprobado que estaba muerta?

Por primera vez, Strangio levantó los ojos y miró atónito a Tommaseo.

—¡Dios mío, pero si era muy evidente!

—¿Cómo se llamaba su novia?

—Mariangela Carlesimo, tenía veintitrés años, estudiaba Arquitectura en Palermo.

—¿Desde cuándo eran novios?

—Novios desde hace más de año y medio. Pero hacía sólo seis meses que habíamos venido a vivir aquí.

En ese punto, Montalbano se levantó y salió.

—Gallo, llévame a la *trattoria* de Enzo.

Era inútil seguir escuchando las preguntas de Tommaseo, mejor irse a comer.

Delante de la verja estaban ya las cámaras de televisión y los periodistas, que habían acudido como moscas al olor de la mierda.

A Enzo no le hizo los honores que merecían sus platos. Comió poco, y ese poco, a desgana.

No conseguía encontrar una explicación a su malestar.

¿Quizá era porque no podía quitarse de encima la imagen del cuerpo descuartizado de la pobre chica? ¿O porque la actitud de Strangio no lo convencía?

El paseo acostumbrado hasta el pie del faro le sirvió más para matar el tiempo que para fines digestivos.

Al volver a la comisaría, lo primero que hizo fue llamar al jefe superior. Le contestó Lattes y le dijo que aún estaba indispuesto. Añadió, sin embargo, que lo sustituía a todos los efectos el subjefe superior Concialupo. Si había alguna urgencia, podía dirigirse a él.

No obstante, el comisario no tenía ningunas ganas de hablar con Concialupo, que era encantador, pero había que repetirle las cosas tres veces para que las entendiera.

—*Dottore*, ¿sabe cuándo estará el señor jefe superior...?

—Probablemente mañana, si así lo quiere la Virgen.

¿Qué debía hacer?

Lo mejor era no tener contacto directo con Strangio hasta haber hablado con el jefe superior. Interrogarlo antes habría sido un paso en falso.

Sonó el teléfono.

—*Dottori*, parece que en el *tilífono* tengo al *tilífino* al *siñor* fiscal.

—¿A Tommaseo?

—Personalmente en persona.

—Pásamelo.

—Pero... ¿usted ha visto qué muchacha tan espléndida? —empezó el fiscal.

¡Pues claro! Debía de estar babeando. Cuando se trataba de chicas guapas asesinadas, de homicidios pasionales, de líos amorosos, Tommaseo se regodeaba, se recreaba.

El comisario había acabado por convencerse de que se trataba de una especie de compensación por el hecho de que al fiscal no se le conociera ni una sola historia con una mujer.

—Tengo las fotos aquí delante y puedo asegurarle que, cuando estaba viva, era desde luego una belleza poco común —continuó.

Montalbano se horrorizó. Pero ¡¿con qué estaba regodeándose aquel hombre?! ¿Con las fotos truculentas del cadáver?

—¿Se las ha pedido a la científica?

—¡No, hombre! Se las he pedido a ese tal Strangio. A propósito, ya me he hecho una idea bastante exacta de la situación, ¿sabe?

El comisario se quedó anonadado.

¡Claro que sí, Sherlock Holmes! Tommaseo era el resultado de meter a Poirot, Maigret, Marlowe, Carvalho, Derrick, Colombo y Perry Mason en una batidora.

—¡No me diga!

—¡Pues sí, queridísimo amigo! Mire, la cosa ha sido como le digo yo, pongo la mano en el fuego.

Igualito que Catarella. Y luego uno no sólo se quemaba la mano, sino el brazo entero.

—Ilumíneme.

—¡Sencillísimo! Estoy convencido de que Strangio, al volver a casa inesperadamente, se ha encontrado a su novia en pleno coito con otro. Y entonces, loco de celos, se la ha cargado.

¿Cómo era posible que Tommaseo no se hubiera dado cuenta de que la sangre de la chica estaba seca? ¿De que la habían matado como mínimo el día anterior? Decidió tomarle un poco el pelo.

—Pero, en tan poco tiempo, ¿cómo ha conseguido...? —preguntó, fingiéndose maravillado y extasiado.

—Me ha bastado con hablar con él. Bueno, usted estaba delante, ¿no? ¿Ha visto qué autocontrol? ¿Qué despiadada lucidez?

—¿Qué dominio de sí mismo? —añadió Montalbano.

—Exacto. ¡Vamos, hombre! ¿Te matan a la chica con la que vives y ni parpadeas?

—¿Te quedas como si tal cosa?

—¡Eso mismo! ¿No mueves ni un músculo?

—¿No derramas una lágrima? —sugirió el comisario.

—¡Claro! Reconocerá, Montalbano, que es la frialdad típica del asesino, ¿no?

—¡Por supuesto!

—¡Pues apriétele las clavijas, hágame el favor!

—Pero... ¿está detenido?

—No, no. A ver, ya me dirá cómo me las podría haber apañado. Por el momento, es un simple testigo.

Y como a tal se lo trataba. Y las clavijas, ni tocarlas.

9

Al cabo de una hora, entró Fazio.

—¿Sabes una cosa? Me ha llamado Tommaseo.

—¿Y qué quería?

—Que le apretáramos las clavijas a Strangio.

—¡Ja, ja!

—¿Por qué te ríes?

—¡Porque él bien que se ha guardado de apretárselas! ¿No ha visto la cara que se le ha puesto cuando Strangio le ha dicho de quién era hijo? ¡El señor fiscal quiere que le sirvamos de escudo!

—Sin embargo —contestó Montalbano—, eso no significa que no debamos seguir avanzando en la investigación. Tal vez sin que llegue nada a oídos de Strangio ni de su padre. De lo contrario, la cosa se nos pondría peliaguda.

—¡Peligro, alta tensión! —exclamó Fazio.

—La chica... ¿cómo se llama? Eh... Mariangela Colosimo... —empezó el comisario.

—Carlesimo —lo corrigió Fazio.

¿Por qué antes nunca se equivocaba con un nombre y ahora iba pareciéndose cada vez más a Catarella?

—Esa chica —continuó con un punto de rabia—, al menos por lo que nos ha contado su novio, no me ha parecido de las que disfrutan llevando una casa. Seguro que tenía una asistenta por horas. Nos iría bien saber quién es, cómo se llama...

—Ya está hecho —replicó Fazio.

Al comisario lo cegó la ira.

Presa de una rabia tan irracional como incontenible, pegó un manotazo en la mesa. Fazio, cogido por sorpresa, dio un respingo.

—¿Qué le pasa?

—Nada, nada —contestó Montalbano, avergonzado por aquel arrebato—. He matado una mosca que me estaba molestando. Dime.

—¿Puedo mirar un papel que llevo en el bolsillo? —preguntó Fazio con tono formal y algo batallador.

—A condición de que no te pongas a recitarme el registro civil...

—De acuerdo. En la casa ya había terminado todo, acababa de irse todo el mundo y yo estaba subiendo al coche para volver aquí, cuando se me ha acercado una señora de unos cincuenta años que quería saber qué había pasado. Le he contestado que se fuera a verlo por la tele, pero entonces me ha comentado que era la asistenta de los Strangio, que entraba a trabajar a la una. Así que le he contado lo sucedido y, como de la impresión se ha quedado que no podía ni andar, Gallo y yo la hemos acompañado a su casa. Y entonces he tenido la oportunidad de interrogarla a solas.

—Has hecho muy bien.

—Gracias. —Hasta ese momento, el inspector no había sacado del bolsillo el papelito. Le echó un vistazo y volvió a guardárselo—. La asistenta se llama Concettina Vullo. Iba todos los días menos los domingos. Llegaba a la una y se quedaba hasta las cuatro. Cocinaba, planchaba y limpiaba la casa.

—¿Qué te ha dicho de Strangio?

—Que lo conoce poco porque el chico casi siempre comía fuera. Me ha dicho que monta muchas películas.

El comisario se sorprendió.

—¡¿Películas?! Pero si trabaja de representante de...

—Ha dicho «películas» como quien dice «números».

—¿Y eso qué quiere decir?

—Pues que pasa de estar muy simpático a ponerse de muy mala hostia en cinco minutos.

—¿Ha presenciado alguna discusión de la pareja?

—No, señor.

—¿Y ella cómo era?

—En líneas generales, una buena chica. Se pasaba las horas colgada del móvil.

—Vamos, que no te ha contado nada que valga mucho la pena.

—No, señor. Bueno, sí que ha dicho una cosa interesante.

—Pues quizá que me la cuentes.

—Me ha dicho que la chica a veces se hacía la cama sola.

Montalbano lo miró atónito.

—No me parece una gran noticia, la verdad.

—Según la señora Vullo, la cama la hacía casi siempre ella, pero algunos días se la encontraba ya hecha.

—Eso ya lo había entendido. ¿Y qué? Será que a la chica de vez en cuando le daba por hacer algo en casa.

Fazio prosiguió, imperturbable:

—Y eso sucedía siempre cuando Strangio, por trabajo, pasaba la noche fuera. ¿Me explico?

Entonces el cuadro cambiaba por completo.

—Te explicas perfectamente. Parece bastante claro. Las noches en que Strangio no dormía en casa, ella, digámoslo así, recibía visita sin miedo a que su novio le diera una mala sorpresa. Y, para que la asistenta no se percatara de que en la cama habían dormido dos personas, y no una, la chica se la dejaba hecha y bien arregladita.

—Eso parece.

El comisario se quedó pensativo. Finalmente, mirando a Fazio a los ojos, dijo:

—Es imprescindible saber quién era el sujeto que iba a verla cuando no estaba Strangio.

—Desde luego —contestó Fazio—, pero... ¿cómo? Piense que, si me he enterado de lo de la asistenta, ha sido por casualidad. Si no, nos habríamos quedado a ciegas. La casa, aparte de ese pedazo de bloque que tiene al lado, está bastante aislada. Es poco probable que venga alguien a decirnos que algunas noches se fijaba en un coche así o asá que se quedaba aparcado hasta el amanecer delante de la verja.

—Pero tal vez consigamos algo más a partir de ella...

—¿Cómo?

—Fazio, ¿qué sabemos de esa chica? Prácticamente nada. Sólo que estudiaba Arquitectura, que sus padres no viven en Vigàta, que dormía hasta las diez... ¿No crees que estaría bien enterarse de algo más? Ir a la casa, mirar entre las fotos, los papeles. Y, ya puestos, podrías echar un vistazo también a las cosas de ese Strangio... En fin, hay que descubrir si la chica tenía alguna amiga, si se veía con alguien...

—*Dottore*, piense que la casa está precintada.

—No te estoy diciendo que repitamos lo del supermercado. Esta vez, que te dé permiso Tommaseo.

—¿Catarella? Escúchame con atención. Quiero que busques el teléfono de la central de una empresa en Roma. IBM...

—Entendido, *dottori*. ¿Adónde?

—¿Cómo que adónde?

—Usía quiere el teléfono de la central, ¿no?

—Sí, pero ¿de qué empresa te he dicho?

—*Dottori*, pero si usía no me ha dicho el nombre de ninguna empresa, me ha dicho sólo que busque el teléfono de la central, y luego iba a decirme que fuera a no sé dónde.

Montalbano entendió por fin dónde estaba el equívoco.

—No, Catarè, no he dicho «y veme»... Es que la empresa se llama «i-be-eme».

—Ahora sí que lo he entendido, *dottori*, pido *comprinsión* y *pirdón*. Y luego, si no me voy, ¿qué hago?

—Una vez que tengas el número, telefoneas, y, cuando te contesten, me pasas la llamada.

—Ahora mismísimo, *dottori*.

El teléfono sonó al cabo de cinco minutos.

—Central de IBM, dígame —dijo una voz femenina, aguda, con acento romano y, sobre todo, antipática.

—Soy el comisario Montalbano. Me gustaría hablar con alguien de la dirección.

—Perdone, ¿de qué se trata?

—De la reunión de representantes regionales de ayer.

—Entonces le paso con el *dottor* Quagliotti. Un momento, por favor.

El momento, con música sacra de Bach de fondo (que, vete tú a saber por qué, estaba hecha con ordenador), duró tanto que Montalbano tuvo tiempo de repasar las tablas del siete, del ocho y del nueve.

—Quagliotti. Dígame, comisario. Aunque le advierto que no podemos ofrecer información reservada por vía telefónica. Es norma de la casa. Así pues, sería oportuno que nos...

—No necesito información reservada. Sólo quería saber el horario de la reunión de representantes que se celebró ayer.

—De las diez a la una —soltó el otro, que hablaba como una máquina—, pausa para almorzar de una a dos, sesión de tarde de las dos a las cinco.

—Una última pregunta y no lo molesto más. ¿Giovanni Strangio estuvo presente en la sesión de tarde?

—A las dos firmó. Si luego se marchó antes, yo no...

Montalbano le dio las gracias y colgó.

Y eso, a fin de cuentas, podía no ser una coartada.

Si resultaba que la autopsia decía que a Mariangela la habían matado a media tarde, Strangio habría tenido tiempo de coger un avión en Roma, llegar en coche a Vigàta, cargársela, regresar a Punta Raisi, pasar la noche en Roma y volver a salir al día siguiente por la mañana hacia Vigàta.

Sin embargo, para confirmar la hipótesis había que consultar los horarios de los aviones, y él nunca había sido capaz de entender un horario de ningún tipo, ni de trenes, ni de barcos, ni de autobuses... y mucho menos de aviones, que además indicaban las escalas para ir a otras ciudades.

Pero había una solución.

—Catarè, llama a la comisaría de Punta Raisi y que se ponga al aparato el comisario. Luego me lo pasas.

—Ahora mismísimo, *dottori*.

Y fue de verdad ahora mismísimo.

—¿*Dottor* Montalbano? El comisario ha tenido que ausentarse. Puede hablar conmigo, soy el inspector jefe De Felice.

Montalbano le explicó el problema con todo lujo de detalles.

—¿Puede quedarse al aparato? —preguntó el otro.

Volvió menos de tres minutos después.

—Mire, con el horario en la mano, le confirmo que lo que me ha contado es posible. Ahora le doy los detalles.

—Perdona, De Felice, pero es que yo me lío con los horarios. Me basta con saber que mi hipótesis es plausible.

—Lo es, sin duda, *dottore*.

Sin embargo, había otra cosa que confirmar. Tenía que llamar al Instituto Anatómico Forense.

—Soy Montalbano.

—¿Quiere hablar con el *dottore* Pasquano? —le preguntó el secretario.

¿Y con quién, si no? ¿Con un muerto cualquiera de los que esperaban en el depósito?

—Mire, ¿sabe si el *dottore* ha hecho la autopsia a esa chica que han matado a cuchilladas?

—Acaba de terminar ahora mismo. ¿Se lo paso?

—No, prefiero hablar con él en persona.

—Pues dese prisa, porque hoy tiene intención de irse a casa pronto.

Al salir, el comisario le dijo a Catarella:

—Vuelvo dentro de una hora. Si Augello o Fazio preguntan por mí, me encontrarán en el despacho del *dottore* Pasquano.

De camino a Montelusa, sin embargo, pasó de todo: dos camiones que durante un rato circularon en paralelo sin dejar pasar a nadie, un accidente leve entre dos coches, un autobús averiado... El comisario perdió mucho tiempo antes de llegar al instituto y, cuando apenas había detenido el coche en el aparcamiento, con el rabillo del ojo vio que el vehículo que tenía al lado salía a toda pastilla y haciendo mucho ruido con los neumáticos.

Mientras lo miraba con curiosidad, por la ventanilla del conductor salió una mano que le dijo adiós.

¡Era el cabronazo de Pasquano, que había puesto pies en polvorosa para no hablar con él!

Arrancó y se lanzó a seguirlo.

Consiguió adelantarlo antes de llegar a la barrera de la salida y se le puso de través.

Luego bajó con parsimonia, imitando a los guardias de tráfico americanos cuando van a poner una multa. Incluso se lamentó de no llevar guantes como ellos para quitárselos con calma antes de apoyarse en la ventanilla.

—El permiso y los papeles del coche —dijo.

—¡Se los doy a condición de que se los meta por donde ya sabe! —replicó Pasquano, furioso—. Pero ¿esto qué es? ¿Es que un hombre decente ya no tiene libertad para volver a su casa después de una jornada de trabajo? ¿Qué crimen he cometido en esta vida para merecerme un castigo como usted? ¿Cuándo se decidirá a jubilarse de una vez? ¿No ve que es un viejo decrépito que se cae a pedazos?

—Ahora que ya se ha desfogado —contestó Montalbano—, ¿me cuenta algo de la chica?

—¡Como si no hubiera entendido que ha venido para eso! Se lo suelto todo de carrerilla, así no me toca más los cojones. Abra bien los oídos, porque no voy a repetirlo. A ver, cuarenta y siete cuchilladas, por así llamarlas, de las cuales la primera, en la yugular, fue mortal.

—Pero, entonces...

—¡No me interrumpa, o no le digo ni una palabra más ni aunque me torture! Las otras cuarenta y seis sirvieron para descargar la rabia del asesino, que se concentró de forma particular en la vagina y los senos. ¿Hasta aquí está claro? No hable, no diga ni sí ni no, limítese a subir y bajar la cabeza. ¿Sí? Entonces, sigo. El homicidio debió de producirse en un espacio de tiempo que va de las cinco de la tarde a las siete, como mucho las ocho. Lo siento por el *dottor* Tommaseo, que se llevará un chasco tremendo, pero, en contra de las apariencias, a la chica no, repito, «no» la violaron. Y tampoco hay rastro de relaciones sexuales consentidas. Y con eso me despido y me voy.

—¡Espere un segundo, por favor! —pidió Montalbano, agarrándose a la ventanilla, puesto que el *dottori* había vuelto a poner el motor en marcha—. ¿Hubo forcejeo?

Pasquano lo miró con lástima.

—Pero ¡qué forcejeo quiere que haya habido, si acabo de decirle que el primer tajo le seccionó la yugular! ¿No se da cuenta por sí solo de que está completamente agilipollado? La tía entró en el estudio y el asesino se la cargó al momento.

—Pero ¿por qué entró desnuda en el estudio?

—¡Y yo qué sé! Eso es de su negociado, joder.

—¿Qué tipo de cuchillo utilizó?

—En realidad, no se trata de un cuchillo propiamente dicho. Algo muy afilado y fino. Una navaja de afeitar, un cúter, algo así.

—¿Los de la científica han encontrado el arma?

—¿No se lo decía yo? ¡Si es que no rige! Si los de la científica hubieran encontrado el arma homicida, le habría dicho con exactitud con qué la mataron. ¿Puedo irme ya?

—¿Cómo no? Gracias.

Montalbano fue a apartar su coche.

Pasquano lo adelantó despacio. Sacó la cabeza por la ventanilla.

—Ah, me olvidaba. Estaba embarazada.

—¿De cuánto? —gritó Montalbano.

—De dos meses —le contestó Pasquano.

Y pisó el acelerador.

Se había hecho tarde. Sin embargo, antes de volver a Marinella, decidió pasar por la comisaría para ver si había novedades.

No sólo no había ninguna, sino que ya no quedaba nadie más que Catarella.

—¿Cómo vas con el ordenador de Borsellino?

—Ah, *dottori*, estoy acabando el trabajo.

—¿Qué contiene?

—*Dottori*, el *ordinador* contiene tres carpetas principales, una de correspondencia, lo que vendría a ser las cartas escritas a las distintas empresas en relación con las cosas que las susodichas tenían que mandar al supermercado, o sea, los perdidos...

—Los pedidos.

—Eso. Son lo que son. Y que si el supermercado los recibía, o sí o no, en la cantidad que el susodicho supermercado deseaba y que...

—Está bien, me queda claro. ¿Y en las otras dos?

—*Dottori*, en una parece que estaría el descuento de la recaudación diaria...

—Quieres decir el recuento.

—Eso. Es lo que es. Seguido del descuento de la recaudación semanal, seguido del descuento de la recaudación mensual, seguido del descuento...

—Entendido. ¿Y en la tercera?

—En la tercera carpeta parece que estaría la salida de la mercancía diaria, la salida de la mercancía semanal, la salida...

—Me hago una idea. ¿Hay algo más?

—Sí, señor, tengo que mirar aún cuatro *archivios*.

—Bueno, me voy a Marinella. Hasta mañana.

En la misma puerta se topó con Augello, que llegaba en ese momento.

—¿Puedes quedarte cinco minutos, que quiero hablar contigo? —le preguntó a Montalbano.

Era evidente que estaba nervioso.

—Claro —contestó el comisario, y dio media vuelta para volver a su despacho.

—Tengo que contarte que me he enterado gracias a Fazio, por pura casualidad, de un detallito que tiene que ver con Borsellino.

—¿De qué se trata?

—Pues de que no se ha suicidado, sino que lo estrangularon y luego hicieron ver que se había ahorcado.

—¿No te lo había dicho? —preguntó Montalbano realmente sorprendido.

—No. Y tendrías que haberme informado antes que a nadie.

—Perdona, se me fue de la cabeza.

—Las excusas no me bastan.

—¿Quieres que además me arrodille? ¿Tan ofendido estás?

—Sí, señor. Ya te conté lo mal que me habían sentado las palabras del gilipollas ese del periodista que nos acusaba de haber inducido a Borsellino al suicidio, y enterarme de que había sido un asesinato para mí habría supuesto un alivio.

A Montalbano no le gustó la actitud de Augello.

—Bueno, ahora que ya lo sabes puedes dormir feliz y contento.

—No te hagas el gracioso, que no toca. Quiero que lo digas públicamente.

—¿El qué?

—Que a Borsellino lo asesinaron. Así podré ponerle una demanda a ese periodista.

—Y perderla.

—¿Por qué?

—Porque en ninguna parte consta que a Borsellino lo mataran, ¿entiendes?

Mimì se sorprendió.

—Pero, entonces, ¿cómo te has enterado? Fazio me ha contado que te lo dijo Pasquano.

—Y es verdad. Me lo dijo, pero no lo escribió. En el informe, quiero decir. No quiso incluirlo porque, según él, la defensa podría interpretar de otro modo la explicación de los hematomas de los brazos.

—A Pasquano no tiene por qué preocuparle lo que diga o deje de decir la defensa.

—Pues esta vez ha sido así.

—¿Y por qué?

—Porque la mafia asusta a todo el mundo, sobre todo cuando existen vínculos tan fuertes. Así que voy a hacerte una propuesta.

—Te escucho.

—Yo no quiero ocuparme del caso Strangio, me encuentro en una posición muy delicada. En cuanto el jefe superior pueda recibirme, le rogaré que te transfiera la investigación.

10

Al salir, pasó otra vez por delante de Catarella. Estaba enfrascado trabajando en el ordenador de Borsellino.

Una idea cruzó por el cerebro de Montalbano como un rayo.

—Catarè, llama a la Comandancia de la Policía Judicial de Montelusa y pásame la comunicación al despacho.

Volvió a sentarse detrás de su mesa y a continuación sonó el teléfono.

—Soy el comisario Montalbano, de Vigàta. Querría hablar con el comandante Laganà.

—¿Cómo ha dicho, perdone?

El telefonista parecía algo desconcertado.

—Laganà.

—Espere un momento.

Oyó que hablaba con alguien.

—Perdone, comisario. Soy nuevo. El comandante Laganà se jubiló hace un año.

Se le cayó el alma a los pies. Pero aún había esperanza.

—¿Por casualidad tienen su número de teléfono?

—Espere un momento, que me informo.

Al cabo de un rato, el comisario recibió la mala noticia.

—Lo siento, comisario, pero aquí nadie...

—Gracias.

· · ·

¿Y ahora cómo iba a dar con el comandante? Se acordaba de que, en una ocasión, Laganà le había contado que era de Fiacca, que su padre le había dejado una casa en herencia... Quizá al jubilarse había vuelto a su pueblo natal. Llamó a Catarella y le pidió que acudiera a su despacho. Era mejor hacerle el encargo en persona.

—A sus órdenes, *dottori*.

—Catarè, escúchame bien. Tienes que llamar a la comisaría de Fiacca e informarte de si saben si vive allí un antiguo comandante de la Policía Judicial que se apellida Laganà. Repítelo.

—Lalana.

—Pero ¡qué lana ni qué lana! Laganà. Repite.

—Laganià.

—Quítale la «i».

—Ya se la he quitado.

—Dilo.

—Laganà.

—Perfecto, que no se te olvide. Si te contestan que sí, que te den el número de teléfono, lo llamas y me lo pasas. ¿Entendido?

—*Prefectísimamente prefectísimo, dottori* —contestó Catarella.

Pero no se marchó.

—¿Qué?

—*Dottori*, ¿puedo decirle una cosa?

—Dila.

—¿Me permite que, en vez de *tilifoniar* a la comisaría y dar un rodeo largo, coja un atajo?

¿Había un atajo?

—¿Cuál?

—Miro en el *listón tilifónico* de Fiacca si aparece Laganà.

De golpe, se sintió descorazonado.

—Muy bien... hazlo como dices tú.

Cierto que en lo último en lo que piensa uno cuando busca a alguien es en el *listón* telefónico, pero aquello ya pasaba de castaño oscuro, sinceramente. El *dottore* Pasquano tenía razón: con la vejez, estaba cayéndose a pedazos.

Con la intención de sacudirse el agobio, se fue a la ventana y encendió un pitillo. Enseguida sonó el teléfono.

—¡Lo he encontrado, *dottori*!

—¿Seguro?

—¡La mano en el fuego! ¡El mismísimo es! ¡El comandante en hueso y carne!

—Gracias. Pásamelo.

»¿Comandante Laganà? ¿Se acuerda de mí? Soy el comisario Montalbano.

—¿Cómo iba a olvidarme de usted? ¡Qué grata sorpresa! ¡Qué placer oír su voz! ¿Cómo está?

Mejor no contestar a la pregunta en aquel momento, ya que por el asunto del *listón* telefónico estaba hecho una mierda.

—¿Y usted?

—Tirando. He tenido que coger la jubilación anticipada porque el corazón...

—Lo siento en el alma.

—Me ha encontrado en casa de pura casualidad, ¿sabe? Estaba a punto de salir.

—¿Ah, sí? ¿Adónde va?

—A Ragusa, con mi mujer. Vamos a visitar a nuestros nietos.

—¿Cuántos tiene?

—Dos. Niño y niña. ¿Necesita algo, comisario? Yo ya no estoy de servicio, pero puedo darle el nombre de algún compañero que...

—Comandante, quizá, si tiene cinco minutos, podamos resolverlo todo por teléfono.

—Dígame.

Montalbano le contó lo sucedido con los dos ordenadores de Borsellino.

—Es decir —resumió Laganà—, han conseguido llevarse el ordenador que la víctima tenía en casa, pero no han podido robar el del supermercado. ¿Es eso?

—Sí.

—¿Y usted quiere saber por qué les interesaba tener los dos?

—Exacto.

—Sólo hay una explicación posible. Evitar que a alguien de la policía se le ocurriera comparar lo que contienen.

—No lo entiendo.

—Me explico. Me ha dicho que el del supermercado contiene, entre otras cosas, el recuento de la recaudación y la cantidad de mercancía vendida diariamente. Estoy seguro de que, si lleva esos archivos a uno de mis compañeros, le dirá que lo ve todo correcto, que recaudación y ventas se corresponden a la perfección.

—Pero, si todo es correcto, ¿por qué...? Perdone, pero sigo sin entender.

—Lo entenderá enseguida. Si por casualidad se hubiera hecho también con el otro ordenador, el que tenía en casa, usted mismo habría comprobado que las cifras de la recaudación y las ventas correspondientes, en un mismo día, eran distintas de las registradas en el ordenador del supermercado.

—¡Claro! —exclamó por fin el comisario—. Las del ordenador de casa eran las auténticas y las del despacho, las falsas. Ingresaban y vendían más de lo que hacían constar en el ordenador, digamos oficial, el que estaba en el despacho del director. Pero todo eso va a quedarse en una mera hipótesis sin fundamento, porque ya se han encargado ellos de que la comparación entre los dos ordenadores no sea posible.

—¿Ve como lo ha entendido estupendamente? Oiga, ¿me promete una cosa, comisario?

—Todas las que quiera.

—Si por casualidad encuentran el otro ordenador, ¿se lo entregará al compañero del que le hablaba? Espere, que le doy su teléfono. Se llama Sclafani. Si se confirma mi hipótesis, los del supermercado se llevarán una buena lección.

A la salida, se detuvo delante de Catarella.

—Lo del ordenador ya no corre prisa.

—Pero si ya es el acabose, *dottori* —contestó el otro, decepcionado.

—No te he dicho que ya no haga falta. Sólo quería avisarte de que puedes tomártelo con calma.

En ese momento pasó Augello, que, con la cabeza gacha, murmuró:

—Adiós.

Y continuó hacia el aparcamiento. Montalbano lo siguió y se puso a su lado.

—¿Sigues cabreado conmigo?

—Se me pasará.

—Mimì, cuando hemos hablado en mi despacho no te he dicho que, si no quiero que se sepan por ahí las sospechas de Pasquano, es porque a nosotros nos conviene y mucho.

—¿En qué sentido?

—Es importante que los asesinos se convenzan de que seguimos creyendo en el suicidio de Borsellino.

—¿Crees que si se sienten seguros darán algún paso en falso?

—No es que lo crea, aunque cabe esa posibilidad. No, todo esto nos conviene porque así podemos trabajar la pista del homicidio mientras ellos creen que seguimos estancados en la del suicidio. ¿Está claro?

—Hasta mañana —se despidió Augello, y subió al coche.

—Lo mismo digo —contestó el comisario.

Y se volvió para abrir la puerta de su propio vehículo, que estaba al lado del de Mimì.

—¡Espere, *dottori*!

Era la voz de Catarella, que llegaba a la carrera.

—¿Qué demonios pasa? —preguntó el comisario, molesto.

—Pasa que estaría al *tilífino* el abogado Nullo Farniente, el cual dice que tendría urgentísima necesidad de hablar con usía personalmente en persona. ¿Qué le digo? ¿Está o no está?

¿Sería que esa tarde el destino se había empeñado en no dejarlo llegar a Marinella?

—Ve a decirle que sí estoy.

Catarella entró a toda prisa, pero él se lo tomó con calma. Encendió un pitillo, lo apuró mientras paseaba por el aparcamiento y volvió a pasar por delante de Catarella, que estaba tieso como un palo de escoba con el auricular en la mano.

—Cuenta hasta diez y luego me lo pasas.

Entró en su despacho, se sentó y sonó el teléfono.

—Dígame, abogado.

—Perdone que lo importune a estas horas, el telefonista me ha dicho que estaba yéndose a casa.

—No se preocupe, dígame.

—Se trata de mi cliente, Strangio.

—¿Hay algún problema?

—Más de uno, por desgracia. Verá, después de la declaración prestada por mi cliente al *dottor* Tommaseo, a la cual por desgracia no he podido asistir, todo se ha parado inexplicablemente.

Montalbano esperaba un tercer y definitivo «por desgracia» que, por desgracia, no llegó.

—¿Inexplicablemente? No lo entiendo, abogado. Por otro lado, me parece que el *dottor* Tommaseo no ha dictado ninguna disposición restrictiva con respecto a su cliente.

—Bueno, eso depende del significado que le dé usted al adjetivo «restrictivo». Si por «restrictivo» entiende una detención, eso no ha sucedido. ¡Y sólo faltaría! ¡Mi cliente tiene una coartada de hierro!

«¡De papel de seda es la coartada de tu cliente, más que de hierro!», pensó Montalbano, pero no dijo nada. Se limitó a preguntar:

—Y, entonces, ¿dónde están esos problemas?

—Los problemas consisten en que el *dottor* Tommaseo ha prohibido terminantemente a mi cliente salir de Vigàta y además ha precintado la casa y el garaje.

—Pero eso, y usted, abogado, debería saberlo bien, es una medida administrativa común y corriente.

—De acuerdo. Pero olvida usted, como parece haber olvidado también el *dottor* Tommaseo, que mi cliente es representante de una empresa romana y que, en consecuencia, tiene necesidad de trasladarse de forma libre y continuada por toda Sicilia. Y además, no puede ni siquiera sacar el coche, que ha quedado bloqueado en el garaje.

—Comprendo. Pero no veo cómo puedo yo...

—Al menos podría citarlo en comisaría para permitirle explicar mejor su posición. Así se reducirían los tiempos de este calvario que está pasando...

—Interrogarlo no me corresponde a mí, sino al *dottor* Tommaseo. La reclamación tiene que cursársela a él. ¿Está claro?

—Clarísimo —replicó con brusquedad el abogado—. Buenas noches.

Y por fin pudo salir hacia Marinella.

En la nevera, Adelina le había dejado un buen plato de ensalada de marisco, mientras que en el horno esperaban unos cuantos *involtini* de pez espada.

Puso la mesa en el porche, porque hacía una noche magnífica, y durante una hora y media se dedicó a zampárselo todo.

Recogió la mesa, volvió al porche con tabaco y whisky, y se puso a pensar.

¿Qué pretendía Manenti con esa llamada?

¿De verdad querían que hiciera una gilipollez de ese calibre e interrogara él mismo a Strangio, y encima sin que estuvieran delante su abogado y el propio Tommaseo?

Era bien sabido que había hecho cosas así a menudo, y de buena gana. Se había pasado muchas veces por el forro las reglas y las normas, pero en esa ocasión no lo haría. No tocaba. En ese caso de asesinato, los golpes de ingenio y las iniciativas personales podían provocar un gran daño a la investigación.

No, iba a respetar las reglas hasta la última coma.

Luego se le fue la mente hacia el asunto de los ordenadores. Si aquella noche la suerte los hubiera ayudado y se hubieran hecho con los dos portátiles, a estas alturas la Judicial ya habría podido actuar contra el diputado Mongibello y el consejo de administración de la empresa propietaria del supermercado.

Pero las cosas no habían salido así, «por desgracia», como le gustaba decir al abogado Manenti. El registro nocturno en la casa y el despacho de Borsellino, en definitiva, había sido inútil y...

Se paralizó.

Tuvo exactamente la impresión de que, dentro de la barriga, todo el aparato digestivo se le paraba de golpe y porrazo.

Se sirvió medio vaso de whisky y se lo bebió de un trago.

Estaba sudando a raudales. Pero ¿cómo había podido olvidarse por completo?

En los últimos tiempos le pasaba con excesiva frecuencia.

¿Necesitaba más pruebas para convencerse de que estaba demasiado viejo para hacer su trabajo?

Se acordaba a la perfección de aquella especie de grabadora que Fazio había sacado del bolsillo interior de la americana de Borsellino y que él mismo se había guardado en el de la suya.

Luego, al volver a Marinella, se había quitado el traje rebozado de detergente y lo había echado al cubo de la ropa sucia.

Ahora la pregunta era: ¿se habría dado cuenta Adelina de que la grabadora estaba en el bolsillo y la habría sacado antes de llevar el traje a la tintorería?

Y, si la respuesta era afirmativa, ¿dónde la habría dejado?

Se levantó, empezó a rebuscar y, en su afán, dejó toda la casa patas arriba. Al cabo de media hora se rindió.

Había tenido un olvido parecido con una herradura y por poco le había costado la vida. Pero una cosa era una herradura y otra una grabadora.

Si los de la tintorería habían metido la americana en la lavadora sin fijarse en el aparatito, ¡adiós grabación!

La única opción que le quedaba era llamar a Adelina. Miró el reloj. Las once. Quizá ya se había acostado. Cruzó los dedos.

—¡Virgen santa, *dutturi*! ¿Qué pasa? ¡Estaba durmiendo!

—Lo siento, Adelì, pero es una cosa muy importante.

—Dígame.

—¿Tú te has fijado en si había algo dentro del bolsillo interior de la americana que has llevado a limpiar?

—¿Por qué? ¿Había algo?

—Sí.

—No me he dado cuenta. Ni siquiera he mirado, *dutturi*. Como usía nunca mete nada en ese bolsillo...

Era cierto.

—Oye, ¿tienes el teléfono de la tintorería?

—No, *siñor*.

—¿Cuándo te han dicho que podías ir a recoger el traje?

—Pasado mañana.

Quizá quedara un ápice de esperanza.

—A estas horas... estará cerrada, ¿no?

—Claro. Pero espere... Se me ha ocurrido algo. Si se trata de una cosa grave...

—Es grave, Adelì.

—Pues entonces puedo darle la dirección de la tintorería...

—Pero ¡si me has dicho que estaba cerrada!

—Sí, sí, y lo está, pero el propietario, el señor Anselmo, vive encima. La dirección es piazza Libertà, 8. Está justo al lado del cine.

· · ·

Se vistió, salió hacia Vigàta y, como no había casi nadie por la calle, se arriesgó a superar en diez kilómetros por hora los cincuenta permitidos.

Llegó, paró, bajó. Junto a la tintorería había un portal pequeño sin interfono, pero con un timbre que decía «Anselmo».

Antes de llamar, dio dos pasos atrás e inspeccionó el edificio. Del balcón del primer piso salía luz.

Llamó. Casi al instante, se abrió la puerta del balcón y apareció un señor de unos cincuenta años con bigote, en camiseta de tirantes y pantalón de pijama.

La plaza estaba bien iluminada y el señor Anselmo reconoció de inmediato a Montalbano.

—*Dottore!* ¿Qué ha pasado?

—Perdone la molestia, señor Anselmo, pero necesito que me abra la tintorería.

—Voy.

Tenía que bajar por una escalera interna. Al cabo de un rato, se abrió la puerta del local.

—Póngase cómodo. Y dígame.

—Señor Anselmo, le han traído un traje mío que...

—Ya está limpio. Mañana lo planchan.

Montalbano se vio perdido.

—Es que resulta que en el bolsillo de la americana había...

—Hombre, *dottore*, antes de meter una prenda en la máquina siempre se repasa con atención. Venga por aquí.

Pasó detrás del gran mostrador que dividía en dos el espacio y abrió un cajón. Dentro había gafas, plumas estilográficas, permisos de conducir, tarjetas, móviles...

—Es eso —dijo el comisario, aliviado, señalando la grabadora.

Le dieron ganas de besar al señor Anselmo en la frente.

· · ·

Como era habitual, mientras abría la puerta oyó sonar el teléfono, que dejó de sonar en cuanto le puso la mano encima.

Como al día siguiente iba a ponerse el mismo traje que llevaba, al desnudarse dejó la grabadora en el bolsillo.

No tenía sueño. Encendió el televisor. Salió la cara de culo de gallina de Pippo Ragonese.

«...Eso es lo que preguntamos. ¿Adónde ha ido a parar aquel rayo que era antes el comisario Montalbano? Ahora parece que haya pasado al extremo opuesto. Ahora se lo toma con demasiada calma. No ha dado un solo paso adelante en la investigación del robo del supermercado, con el subsiguiente suicidio inducido de su director, el señor Borsellino. Y, en cuanto al atroz asesinato de la estudiante Carlesimo, un crimen que ha conmocionado a la opinión pública no sólo de Vigàta, no mueve ficha. Se sabe que al novio de la joven, Giovanni Strangio, se le ha ordenado no salir del municipio. Después de eso, nada de nada. El pobre Strangio está suspendido en un limbo, incapacitado para...»

Apagó el aparato.

¡Enhorabuena, Ragonese! Pero ¿a cuántos amos servía ese tipo? ¿Al diputado Mongibello y al presidente de la provincia juntitos de la mano? ¿Y a eso lo llamaban periodismo? Ragonese se limitaba a decir lo que le ordenaban. Debían de pagarle bien.

Entonces recordó que, precisamente pocos días antes, un locutor de una televisión privada que no temía manifestarse contra la mafia había sido denunciado por ejercer sin estar inscrito en el Colegio de Periodistas.

«Hoy en día —pensó—, para luchar contra la mafia hay que tener autorización de la propia mafia.»

¡Así no se les escapaba ningún pez por un agujerito de la red!

Fue a sentarse en el porche para que se le pasaran los nervios, pero no habían transcurrido ni cinco minutos cuando sonó el teléfono.

11

Era Livia.

—Oye, ¿por qué nunca estás en casa cuando te llamo?

—Pero ¡si te estoy contestando!

—No, cuando te he llamado antes.

—Livia, ¿puedo hacerte una pregunta?

—Adelante.

—¿Por qué me llamas siempre precisamente cuando no estoy en casa?

—¡Hay que ver la facilidad que tienes para darle la vuelta a la tortilla! ¡Qué poca gracia me haría caer en tus garras, comisario!

—Pues has caído muchísimas veces y, además, me parece que lo has disfrutado un poquito.

—No me refería a eso. Quería decir en tus garras como sospechosa de un delito.

—Livia, tú lo sabes casi todo de mí.

—¿Casi? ¿Qué es lo que no sé?

—Por ejemplo, no tienes ni idea de cómo llevo un interrogatorio. Afirmar que en esos casos le doy la vuelta a la tortilla para mí supone toda una ofensa. Soy muy legal.

Era un embuste en toda regla. ¿Cuántas trampas había puesto a lo largo de su carrera? Una infinidad.

—Voy a hacer ver que te creo —respondió Livia. Y luego preguntó—: ¿Estás llevando el caso de esa pobre estudiante asesinada a cuchilladas?

—¿Cómo te has enterado?

—Ha salido en las noticias y también lo he visto en el periódico.

—Sí, lo llevo yo.

—Ve con cuidado, ¿eh?

—¿Y eso?

—No sospeches del novio sin más. Ahora está de moda. En cuanto matan a una chica, encierran al novio.

—No sigo las modas, ya lo sabes —contestó él, mosqueado.

Luego se le ocurrió cómo vengarse.

—A ver, tengo una curiosidad. ¿Por casualidad no te habrá llamado Nullo Manenti?

—No. ¿Ése quién es?

—El abogado del novio.

—¿A qué viene esa chorrada?

—¿Te ha sobornado para que me convenzas de que su cliente es inocente?

—¡Gilipollas! —exclamó Livia, enfadada.

Y colgó.

Montalbano fue a acostarse. Se había desahogado, seguro que no le costaría conciliar el sueño.

Lo primero que hizo en cuanto puso un pie en la comisaría fue plantarse delante de Catarella, sacar la grabadora y enseñársela.

—Catarè, ¿tú qué crees que es esto?

Catarella no vaciló ni un segundo.

—*Dottori*, parece que sería una grabadora *adigitalizada*.

—¿Y eso qué es?

—Parece que vendría a ser un *mepetrés* modificado.

—¿Y qué es un *mepetrés* modificado?

—Una modificación de un *mepetrés*, *dottori*.

124

Mejor probar por otro camino. Si no, se tirarían toda la mañana en un toma y daca, con la misma pregunta y la misma respuesta.

—¿Y para qué sirve?

—Para muchas cosas, *dottori*. Por ejemplo, puede ser una grabadora que luego se mete en el *ordinador* y...

—Pero ¿es necesario escucharlo con el ordenador, o puede hacerse una copia de lo que hay dentro con la impresora?

—Indiscutiblemente sin discusión, *dottori*.

—Pues entonces escúchalo y hazme una copia.

—¿De todo?

—De todo. ¿Cuánto tardarás?

—No sé decirle, *dottori*.

—¿Por qué no?

—Porque todo depende de según lo que tenga dentro de sí mismo el *mepetrés*. Es que en un *mepetrés* uno puede meter *La divina con media*, el Código Civil y el Penal, la historia del universo entero, el Evangelio, la Biblia, todas las canciones de Di Caprio...

—Pero ¿Di Caprio canta?

—¡Pues claro, *dottori*! ¡Hace años que canta todo lo que haga falta! Pero ¿cómo? ¿No se acuerda de esa cancioncilla con la voz, la guitarra y...?

—¡En todo caso ése será Peppino di Capri!

—¿Y yo qué he dicho? ¿No he dicho «Di Caprio»?

Mejor no liarse.

—¿Está Fazio?

—No, *siñor dottori*.

Se presentó hacia las once.

—¡He perdido la mañana! Tommaseo tenía una reunión y no podía recibirme. Pero yo me he puesto a esperarlo delante de la puerta y, cuando ha salido para ir al retrete, le he dicho que me hacía muchísima falta la autorización para entrar en la casa.

—¿Te la ha dado? —quiso saber Montalbano.

—Sí, señor, pero de viva voz, no tenía tiempo de escribirla. Me ha prometido que me la hace llegar hoy mismo, después de comer.

Salió Fazio y sonó el teléfono.

—¡Ay, *dottori*! Parece que estaría en *línia* un *siñor* el cual se llamaría Lopongo y el cual dice él que querría hablar inmediatísimamente con usía personalmente en persona.

—¿Y qué quiere?

—No me lo ha dicho. Pero habla de una forma que no se entiende.

—¿Es extranjero?

—No, *siñor*.

—Entonces, ¿por qué no se entiende?

—Padece *tortajía*.

¿Qué sería la *tortajía*? ¿Tartamudez? Con Catarella, mejor no complicarse la vida con preguntas que pudieran llevar a terrenos pantanosos.

—Muy bien, pásamelo. ¿Diga? Montalbano al habla. Cuénteme, señor Lopongo.

—Mella... Me... lla... a... mo... Lee... opo-po... pol... do...

En cuanto se despistaba un poco, empezaba a repetir las tonterías que le decía Catarella.

—Perdone, señor Leopoldo. Dígame.

—He-he... ncon... tra-tra... do... un mumú... muerto.

—¿Dónde?

—En... el... cacá... cam... po. En... el... teté... rmi... no... de... Bo... bo... rr... uso.

—¿Dónde, exactamente?

—En... la... ca-ca... sa-sa... ve-ver... de... a... ma-ma... a ma-mano izquierda.

Aquello era una tortura.

—Vaa... va-va... mos... en... se... seguida —contestó Montalbano.

Era irremediable: en cuanto alguien le hablaba tartamudeando, se contagiaba.

126

Se levantó y fue a buscar a Fazio a su despacho.

—¿Qué pasa?

—Ha llamado un tal Leopoldo. Dice que en una casa verde en el término de Borruso hay un muerto. ¿Te apuestas algo a que es Tumminello?

—No, señor, porque estoy de acuerdo con usía.

—¿Tú sabes dónde está ese término?

—¿El que ha llamado era tartamudo?

—Sí.

—Entonces ya sé quién es. Filippo Leopoldo. Y también sé dónde está su casa de campo.

—¿Lejos?

—Donde Cristo perdió el gorro.

—Llama a Gallo y vámonos.

—Gallo ha salido con el *dottor* Augello.

—Pues entonces vamos los dos con mi coche, pero conduces tú.

Al término de Borruso se llegaba por un camino de mil demonios, lleno de baches y desniveles.

El verde había empezado a escasear desde hacía un cuarto de hora y en aquel momento ya sólo se veía, a izquierda y derecha, tierra árida y pedregosa, con manchas amarillas de hierba silvestre, muerta de sed.

De vez en cuando se veían también cúmulos de piedra caliza, como huesos amontonados que parecían pirámides enanas, terreno abonado para víboras y liebres.

Las sacudidas del coche empujaban a Montalbano unas veces contra Fazio y otras contra la puerta derecha, y cada poco rato el cinturón de seguridad, que se quedaba trabado, amenazaba con estrangularlo.

—¿Cuánto queda todavía?

—Después de esa curva, ya estamos.

Después de la curva, en efecto, vieron no sólo la casa verde, sino también a un hombre que caminaba arriba y abajo, inquieto.

—Ése es Leopoldo —dijo Fazio.

—Hazme un favor, habla tú con él.

—¿Por qué?

—Estoy un poco afónico.

Lo de la afonía era mentira, pero ¿cómo iba a ponerse a hablar con Leopoldo si se le contagiaba la tartamudez?

—Bu-bu... e... nnn... os... días —los saludó el hombre en cuanto bajaron del coche.

Montalbano contestó con un vago gesto de la mano.

La casa verde constaba de dos habitaciones con forma de dados superpuestos y un tercer dado más apartado, a la derecha.

El comisario se puso a mirar el paisaje desolado que los rodeaba y se preguntó qué motivo misterioso podía tener nadie para construirse una casa en aquel lugar dejado de la mano de Dios, a no ser que tuviera vocación de eremita.

—Por aquí, *dottore* —anunció Fazio, dirigiéndose ya hacia el tercer dado, una cuadra sin animales y sin puerta.

Entraron y Leopoldo volvió a la casa.

El cadáver estaba tumbado de lado, encima de algo parecido a la paja; cualquiera habría dicho que estaba durmiendo, si no hubiera sido porque la sangre había teñido el colchón de rojo.

No iba a ser fácil identificarlo. Hacía calor y estaba claro que a aquel pobre hombre lo habían matado hacía varios días. Además, el agujero de salida de la bala le había destrozado la cara.

—Me parece que es él —dijo Fazio. Sacó del bolsillo la fotografía que le había dado el comisario—. Mírelo usía.

Dominando las náuseas, Montalbano se agachó y se quedó mirando un buen rato lo que quedaba de la cara. Luego se levantó.

—Yo creo que sí. Pero no estoy seguro. Lo obligaron a arrodillarse y le pegaron un tiro en la nuca. La firma de la mafia. Salgamos de aquí.

Aunque no había puerta, allí dentro el aire era irrespirable.

—¿Leopoldo te ha dicho cómo lo ha descubierto?

—Sí, señor. Resulta que quería poner una puerta nueva en la cuadra, porque la vieja estaba rota y la había utilizado para hacer leña, así que ha venido a tomar medidas.

Salieron. Respiraron aire limpio hasta el fondo de los pulmones.

—Vamos a hacer lo siguiente. Avisa a todo el círculo ecuestre: el fiscal, la científica y Pasquano. Luego llama a Gallo y, si ha vuelto a comisaría, que venga a buscarme. Aquí no tengo nada que hacer.

Mientras Fazio telefoneaba, Leopoldo salió de su casa y se le acercó.

Le dijo algo y Fazio se lo tradujo a Montalbano a modo de intérprete.

—Dice Leopoldo que, como es la hora de comer, si hacemos el favor de pasar. Por lo visto, ha preparado un conejo a la cazadora que es insuperable. Le he dicho que no, pero si usía quiere...

¿Cuánto tiempo llevaba sin comer conejo a la cazadora?

Era un plato que no entraba en el menú de Enzo y Adelina tampoco tenía mano para la caza.

Le entró una nostalgia incontenible.

Leopoldo lo azuzó:

—Le a... se-se... guro... que... mi-mi... ca... sas... tá... limpia.

—No-no... lo-lo... du-du... do.

Al principio, Leopoldo frunció el ceño al creer que el comisario se burlaba de él, pero luego, al ver su gesto de confusión, se convenció de que era tartamudo como él.

—¿Yyyy... bi... bi-bien?

—Gra-gra... cias... Sí-sí.

Mientras Leopoldo entraba en casa, Montalbano dio órdenes a Fazio:

—Si-si... por ca-casualidad llega... uno-no de ésos no, no le-le... digas a na... nadie que es to-toy aquí... Si-si... te-te preguntan, tú-tú... contesta que-que... he vu... eeelto... a comi-mi... saría.

Fazio se quedó mirándolo, boquiabierto.

—No he entendido nada, *dottore*. ¿Se encuentra bien?

Montalbano sacó un papel del bolsillo y escribió: «Cuando lleguen los otros tres, no les digas que estoy aquí. No llames a Gallo para que venga a buscarme.» Se lo dejó leer, volvió a guardárselo en el bolsillo y siguió a Leopoldo.

No se trataba sólo de un conejo a la cazadora excepcional, sino también de un plato de espaguetis con salsa, un queso de oveja curado, un salchichón de verdad y un buen vino con cuerpo. Un conjunto que dejó embriagado al comisario.

Fazio llamó a Leopoldo para que prestara testimonio delante de Tommaseo.

Montalbano siguió comiendo.

Además, Leopoldo era el comensal perfecto: como le costaba hablar, se quedaba callado. Montalbano y él se entendían con una sola mirada. Al cabo de unas dos horas, entró Fazio.

—Ya se han ido todos. Los de la científica han visto que llevaba la cartera encima y han echado un vistazo. Tenía el carnet de identidad. Se confirma que es Tumminello.

Entonces miró el plato del comisario.

—¿Ha quedado un poco para mí?

Y así fue como, para hacer compañía a Fazio, Montalbano se tomó un segundo plato de conejo a la cazadora.

La vuelta fue un auténtico vía crucis.

Con cada traqueteo, a Montalbano se le subía el conejo a la boca, como si el animal hubiera resucitado y quisiera huir para volver a la pirámide de piedra de la que tan incautamente había salido el día en que Leopoldo le había pegado un perdigonazo.

A medio camino, Fazio recibió una llamada de un alterado Catarella, que le contó que había telefoneado el *siñor* jefe *supirior* porque quería hablar con el *dottori* Montalbano urgentísimamente con mucha urgencia.

—¿Qué le digo?

Con el conejo a punto de salírsele por la boca, no parecía muy adecuado ponerse a hablar con el señor jefe superior.

—Que estoy ilocalizable.

Quiso Dios que llegaran por fin a Vigàta.

—¿Dónde quiere que lo deje?

—Al lado del puerto.

Antes de bajar del coche, le preguntó a Fazio:

—¿Cuándo vas a ver a la señora Tumminello?

—Ahora mismo.

El peso que sentía en la barriga empezó a aliviarse cuando hubo recorrido el muelle de un lado a otro un par de veces.

Sin embargo, antes de volver a la comisaría sintió la necesidad de tomarse un café doble y bien cargado.

—¡Ah, *dottori*! ¡Ah, *dottori, dottori*! —gimió Catarella al verlo llegar—. Ha *tilifoneado* el *siñor*...

—Ya lo sé. Me lo ha dicho Fazio.

Catarella abrió los ojos de par en par.

—Entonces, ¡lo de que estaba *ilocolizable* no era verdad! ¡Menos mal! ¡Te doy gracias, Señor! ¡Me había asustado!

—¿Por qué?

—¡No sé! Puede que me impresionara la palabra.

—¿Qué palabra?

—*Ilocolizable.*

—Ilocalizable, Catarè.

—¿Y yo qué he dicho? ¿No he dicho «*ilocolizable*»?

Mejor seguir sin hacerle caso.

—Oye, ¿cómo has visto al jefe superior?

—¡*Dottori*, que no lo he visto personalmente en persona! ¡Sólo he oído su voz suya de él!

131

—Ya, pero ¿te ha parecido enfadado?

—No, señor, me ha parecido raro.

—¿Cómo que raro?

—Casi como si estuviera medio dormido.

¿Era posible que los cuatro calmantes aún le hicieran efecto?

—Ponme con él enseguida.

—Sí, señor. Pero quería decirle una cosa. He imprimido todo lo que había en el *ordinador*.

—Estupendo. Guárdalo todo en tu cajón. ¿Y con el *mepetrés* cómo vas?

—Acabo de ponerme. ¿Llamo al *siñor* jefe *supirior*?

—Muy bien, llámalo.

—¡A sus órdenes, señor jefe superior! Montalbano al aparato.

—Ah, sí, buenas tardes. ¿Por qué me llama?

Más que adormilado, parecía que el jefe superior no estaba bien de la cabeza.

—Señor jefe superior, el que me ha llamado ha sido usted, después de comer, cuando me encontraba...

—Ah, sí. Llamaba porque el *dottor* Lattes me había informado de que usted quería hablar conmigo urgentemente.

—Y así es, *dottore*.

—Si quiere venir ahora...

—Dentro de media hora estoy allí, gracias.

No parecía en absoluto el Bonetti-Alderighi de siempre. Estaba completamente cambiado y su tono de voz era de una afabilidad nunca vista.

En la antesala del jefe superior lo esperaba el *dottor* Lattes.

—Está al teléfono. Dos minutos de paciencia.

—¿Qué tal está?

Se refería al jefe superior, pero Lattes lo entendió mal.

132

—¿Yo? Bien, gracias a la Virgen. ¿Y usted?

—Lo mismo, también gracias a nuestra señora. ¿Y el señor jefe superior qué tal está?

Lattes parecía algo incómodo.

—No sabría decirle. Se ha producido en él una especie de... transformación.

«¿A mejor o a peor?», le entraron ganas de preguntar. Pero se contuvo.

Lattes se acercó a la puerta del jefe superior, la abrió con cautela como si al otro lado hubiera un sicario listo para dispararles, asomó la cabeza para ver lo que pasaba dentro, la sacó y se volvió hacia Montalbano.

—Ya puede pasar.

El comisario entró y Lattes cerró la puerta de inmediato.

Desde el punto de vista externo, el jefe superior Bonetti-Alderighi volvía a ser el de siempre, compuesto e impecable.

Estaba sentado, como era habitual, con la espalda recta, los brazos apoyados en la mesa, la cabeza echada ligeramente hacia atrás, de modo que el mentón sobresalía un tanto, y los ojos fijos en su interlocutor.

Bueno, tal vez había una leve diferencia: la mirada de aquellas pupilas no se dirigía a Montalbano, sino hacia la derecha, donde estaba la ventana.

—Tome asiento, comisario.

Por lo general, lo dejaba de pie. Si Montalbano se sentaba, era por iniciativa personal, desde luego no por una invitación expresa.

Sin darle tiempo a abrir la boca, Bonetti-Alderighi dijo:

—Antes que nada, le pido disculpas.

Nunca había oído al jefe superior pedir disculpas a nadie. No logró articular palabra, se quedó boquiabierto.

—Le pido disculpas por la escena realmente infame que lo obligué a presenciar el otro día. No sé qué me pasó, créame. Le ruego que lo olvide todo.

Aquel nuevo Bonetti-Alderighi lo intrigaba.

—Ya está olvidado, señor jefe superior.

Bonetti-Alderighi pasó la mirada de la derecha a la izquierda; es decir, de la ventana a la pared en la que colgaba un tapiz con una escena de las Vísperas sicilianas.

—Gracias. Y ahora, cuénteme.

12

Montalbano estaba a punto de abrir la boca cuando el jefe superior lo interrumpió, levantando una mano, mientras miraba la punta de un bolígrafo que sostenía en la otra.

—Perdone, pero me parece imprescindible establecer una premisa. No hace falta que le recuerde que las dos investigaciones que tiene entre manos (me refiero al robo en el supermercado que ha provocado el suicidio de su director y al homicidio de la novia del hijo del presidente de la provincia) están destinadas a toparse con resistencias y manipulaciones políticas. Ya hemos tenido alguna señal del honorable diputado Mongibello. En fin, yo sé que usted, con frecuencia y premeditación, no me mantiene informado de todo el abanico de medidas que adopta en sus investigaciones. Vamos, que me cuenta sólo «media misa», como dicen ustedes en Sicilia. Sus razones tendrá, y no es momento de hablar de eso. Pero ahora le pido que me cuente la misa entera. Por su propio interés y por el mío, querido Montalbano. Vamos en el mismo barco, ¿se da cuenta? Y por eso tenemos que remar a una, para alejarnos de un remolino que puede ser nefasto para ambos. ¿Ha quedado claro? Pues ya puede empezar.

Acabó de estudiar la punta del bolígrafo y se puso a mirar la artística lámpara que colgaba del techo.

Sí, había quedado muy claro, no por lo que había dicho, sino por lo que no había hecho. Ni una sola vez, a lo largo de toda la perorata, había sido capaz de mirarlo a los ojos.

Y pensar que en una ocasión le había confesado que siempre miraba a sus interlocutores porque era capaz de adivinar, con sólo ver su mirada, qué iban a decir...

Entonces, ¿por qué ahora se había guardado mucho de hacerlo? Montalbano se lanzó al ruedo:

—Bueno, como derivación directa de su introducción, le digo ya para empezar que al señor Borsellino lo asesinaron.

El jefe superior dio un ligero respingo, pero siguió contemplando la lámpara. Montalbano comprendió que había acertado. Se le abrían dos posibilidades: o contárselo todo, o contarle «media misa», como siempre. Decidió al instante contárselo todo, empezando por lo que le había dicho Pasquano. Si cometía un error, ya trataría de enmendarlo.

—Fue el *dottore* Pasquano el que... —comenzó.

Sólo le soltó una trola: que para la incursión nocturna en el supermercado y en casa de Borsellino habían contado con la autorización del fiscal, puesto que, de todos modos, era muy improbable que lo comprobase.

—Y, sin embargo, no disponemos de ninguna prueba —concluyó Bonetti-Alderighi, mirándose la mano izquierda.

—Es cierto. Pero mañana por la mañana recibirá un informe sobre otro delito estrechamente relacionado con el robo del supermercado. Un guardia jurado que tuvo la mala fortuna de pasar por delante del local cuando no debía.

—Cuénteme lo que ha pasado —pidió el jefe superior.

Y se quedó mirando el precioso tintero que tenía encima de la mesa, regalo de la delegación del gobierno.

—Sin embargo, aún no sabe quién lo ha matado —observó tras la explicación de Montalbano, contemplándose la mano derecha—. Y, cuando lo descubra, la reacción de quienes están detrás de toda esta historia será intentar acabar con nosotros. —Soltó un suspiro mientras cogía un abrecartas para estudiar el mango—. Y la verdad es que creo que lo conseguirán. —Otro suspiro. Dio la vuelta al abrecartas y empezó a examinar la punta—. Además, cuanto más avancemos en la investigación, más peligro correremos.

—¿Quiere que lo dejemos? ¿O que, al menos, nos limitemos a dar palos de ciego? —le preguntó el comisario.

Ni siquiera ante una pregunta así Bonetti-Alderighi fue capaz de mirarlo a los ojos. Entonces Montalbano decidió forzar la mano. Pero ¿hasta dónde podía apretar las tuercas? ¿Le convenía arriesgarse, o más bien no? Claro que, si no se arriesgaba, no habría forma de confirmar a ciencia cierta la idea que se había hecho sobre las auténticas intenciones del jefe superior. Se arriesgó. Se echó a reír.

—¿La situación le parece divertida?

Le había hecho la pregunta mirándose un botón de la chaqueta.

—No, no, en absoluto. Pero me he acordado de algo que leí en una novela... Transcurre en Francia. Se trata de un comisario que, al investigar el robo cometido en casa de la hija de un alto funcionario de un ministerio, descubre que ha sido precisamente el padre quien ha dado la orden. Pero el policía no buscaba las joyas, que el ladrón se había llevado para despistar, sino una carta muy comprometedora del funcionario que la chica utilizaba para chantajearlo. En cuanto el funcionario comprende que el comisario está sobre la pista, amenaza con dar al traste con su carrera. Entonces el comisario culpa del robo a un ladronzuelo cualquiera y...

—Perdone —lo interrumpió el jefe superior con los ojos clavados en la ventana—, pero el ladronzuelo se defendería, ¿no?

—No le dan oportunidad. Lo matan en un tiroteo.

—¡Ah! —exclamó Bonetti-Alderighi, otra vez con la vista en la lámpara.

Se produjo una larga pausa.

—¿Aún tiene esa novela?

—Por supuesto.

—Si la encuentra, ¿me la presta?

—¿Cómo no?

—Ahora, cuénteme lo del homicidio de la chica —pidió entonces el jefe superior.

Y Montalbano le habló largo y tendido de sus dudas, de su incompatibilidad con aquella investigación. ¿No sería mejor, concluyó, si se encargaba el *dottor* Augello?

—Augello y usted son lo mismo —dijo el jefe superior, absorto en una mancha de la madera de la mesa—. Todo el mundo sabe la gran influencia que ejerce sobre su subcomisario. —Bonetti-Alderighi dijo que no con la cabeza—. No, el caso tiene que seguir en sus manos. Dárselo a otro sería... como una admisión de culpa previa. Usted avance y actúe con la lealtad y la honradez que siempre lo han caracterizado.

¿No le había dicho hacía poco que en la comisaría de Vigàta había una panda de camorristas de la que él era el jefe?

El jefe superior se levantó. Montalbano también.

—Le ruego que dé prioridad a la investigación del homicidio de la chica, así no nos exponemos a suposiciones malévolas. Y manténgame informado en todo momento —requirió, mirándole las solapas de la americana.

Luego le tendió la mano. El comisario se la estrechó.

—Ni lo dude, señor jefe superior. Y gracias por esas hermosas palabras en lo que a mí respecta.

Se había retrasado y, a esas horas, ya no quedaría nadie en la comisaría. Lo mejor era ir directamente a Marinella.

Había pasado más de dos horas con el jefe superior, hablando casi siempre él, y no se había dado ni cuenta. Se lo había contado todo, incluso le había confiado las meras suposiciones, las hipótesis. Bonetti-Alderighi le había pedido una confianza total y él se la había dado.

«Vamos en el mismo barco», había dicho.

Claro que —y eso Montalbano lo había entendido por su comportamiento, cuando no llevaba ni dos minutos delante de él— el jefe superior estaba dispuesto a darle un empujón a la mínima oportunidad para tirarlo por la borda a unas aguas infestadas de tiburones.

Aquel hombre era capaz de todo con tal de salvar el culo. Bastaba con ver cómo había mordido el anzuelo de la novela francesa que se había inventado sobre la marcha. ¡Quería pedírsela prestada para ver si podía aplicar aquella táctica en el caso del supermercado!

Ahora le tocaba protegerse las espaldas también de Bonetti-Alderighi.

Sin embargo, haber comprendido lo que tenía en mente su superior ya suponía un gran paso. Estaba seguro de haberse ganado su confianza interesada, de modo que habría podido contarle cualquier cosa y se la habría tragado.

Al llegar a Marinella, lo primero que hizo fue llamar a Augello al móvil. La pregunta fue automática:

—¿Qué te ha dicho el jefe superior?

—Ha rechazado con firmeza la propuesta de que lleves tú el homicidio de la chica —respondió Montalbano—. Quiere que me encargue yo. Y puede que salgas ganando.

—¿Cómo que puede que salga ganando? —preguntó Mimì de mal humor.

—Mañana te lo explico mejor. Te llamaba para decirte que a primera hora, en cuanto llegues a comisaría, tienes que convocar a Strangio y a su abogado para las cinco de la tarde.

Colgó y se dio cuenta de que no tenía hambre. La doble ración de conejo a la cazadora no le había sentado bien.

Sin embargo, tampoco le apetecía ponerse a dar vueltas y más vueltas a las palabras del jefe superior.

Abrió la cristalera, y entró una brisa fresca que lo reanimó.

Se sentó en el sillón, encendió el televisor y volvió a ver *Érase una vez en América*.

Más tarde, llegó la llamada de Livia.

—¿Puedes dedicarme media horita, o te caes de sueño? —le preguntó Montalbano.

—Y más de media hora también. ¿Qué quieres contarme?

—Es una larga historia.

Siempre era mejor tener una confirmación de la intuición femenina.

Se lo contó todo: el robo del supermercado, el falso suicidio, la primera reacción de espanto del jefe superior, el homicidio de la chica, sus dudas, la última reunión con Bonetti-Alderighi...

—¿Qué te parece? —le preguntó al terminar.

—Para mí que el señor Bonetti-Alderighi te ha dado libertad de acción porque, si las cosas salen mal, tú pagarás los platos rotos. Te baila el agua para tener un chivo expiatorio de primera —respondió Livia sin la más mínima vacilación.

—Estoy de acuerdo —dijo Montalbano.

—¿Qué vas a hacer?

—Seguir adelante.

—Perdona, pero ¿por qué no dices que estás enfermo y te vienes a verme unos días?

—Como si no me conocieras, Livia. En realidad, todo este embrollo me estimula... Aún diría más: me divierte.

—Pues buena suerte —replicó ella.

La primera parte de la noche se la pasó dando vueltas en la cama. Sin embargo, hacia las cinco de la madrugada consiguió conciliar el sueño y durmió de un tirón hasta las nueve. Se despertó por el ruido que hacía la asistenta en la cocina.

—Adelì, tráeme un café.

—Ahora mismo, *dutturi*.

¡Ay, qué maravilla, qué alegría que le llevaran el café a la cama!

Hasta el techo del dormitorio parecía teñirse de un azul celeste muy claro.

Luego se levantó, se duchó, se vistió y fue a la cocina.

—¿Me haces otro café?

—Ya lo he puesto, *dutturi*.

—¿Qué me preparas para esta noche?

—Salmonetes encebollados.

«Quizá la vida, cuando lo sumas todo, tampoco es tan desagradable», pensó, olvidando de inmediato sus problemas digestivos.

Entró en la comisaría y al momento se le plantó Catarella delante, exultante.

—*Dottori*, he acabado el trabajo del *mepetrés*.

—¿Había mucho material?

—No, señor. Cuatro parlamentos con *pirsonas* del *supermircado* y luego la conversación del señor director que parece que sería con el *dottori* Augello y luego la conversación suya de usía, que parece que sería también con el director.

—¡Coño! —aulló el comisario como si fuera un lobo.

Catarella se sobrecogió.

—¿Qué dice, *dottori*? ¿Qué he hecho? ¿Me he equivocado? ¿He *comitido* algún error?

¡Qué error ni qué niño muerto!

—¡Catarè, ven aquí!

Catarella dio un paso adelante con cautela, como si esperase que Montalbano fuera a apalearlo.

En lugar de eso, el comisario lo estrechó entre sus brazos.

—¡Genial! ¡Maravilloso!

Catarella se enjugó una lágrima con la manga de la chaqueta. Una lágrima de felicidad.

—¡Virgen santa! ¡Me ha abrazado dos veces en una semana!

—¿Dónde has dejado la transcripción?

—En su mesa.

Montalbano corrió a su despacho.

Catarella se había superado.

Incluso había puesto título a todos los diálogos grabados: «Conversación con Micheli», «Conversación con la joven Nunzia», «Conversación con el proveedor Jesusmundo» (que sin duda sería alguien llamado Segismundo), «Conversación con uno cuyo nombre no se *intiende*», y por fin «Conversación con el *dottori* Augello y con el *dottori* Montalbano».

El comisario empezó de inmediato con la penúltima, que era la única que le interesaba.

Cuanto más leía, más clara quedaba la actitud correctísima de Mimì Augello, que no se había permitido hacer ni una sola observación con mala fe, ni una sola insinuación sobre el probable autor del robo, ni la más mínima ironía.

Luego llegaba la gran pregunta:

—¿Tiene idea de cómo ha podido entrar el ladrón, si no hay indicios de que se hayan forzado las puertas exteriores?

La respuesta de Borsellino no sólo había sido ilógica, sino además súbita y exaltada:

—¡Quiero a mi abogado!
—Pero, señor Borsellino, si nadie lo está acusando de...
—¡Quiero a mi abogado!
—Entienda, señor Borsellino, que...
—¡Entonces quiero hablar con el comisario Montalbano!
—Pero es que el comisario...
—¡Quiero hablar con él ahora mismo!
—Pues llámelo.

Seguían las dos llamadas a la comisaría y luego Borsellino concluía, dirigiéndose a Augello:

—Le advierto de que no voy a decir una sola palabra más hasta que llegue el comisario.

—Haga lo que le parezca.

En ese punto, Catarella había escrito una acotación genial: «En el silencio del despacho, se oye al *dottori* Augello, que de vez en cuando silba una cancioncilla que me parece como de *Cillintano*, pero *siguridad* no hay, y luego al director, que va de un lado a otro y cada tanto murmura.»

Entonces entraba él, Montalbano.

Y, al final, lo último que se oía en la grabación eran los sollozos contenidos de Borsellino y las palabras «Adiós, muy buenas».

Levantó el auricular.

—Catarè, ven aquí.

Aún no había colgado cuando Catarella se presentó ante él y se cuadró.

—¡A sus órdenes, *dottori*!

—Imprímeme una copia de la conversación que mantuvimos Augello y yo con el director y devuélveme la grabadora... Ah, y sobre todo: por el momento, no hables con nadie de este asunto.

—Soy una tumba, *dottori* —respondió Catarella, y le entregó el *mepetrés* que llevaba en el bolsillo.

Cogió el coche y se fue a Montelusa. Al llegar a los estudios de Retelibera, aparcó y entró.

La secretaria le dedicó una gran sonrisa.

—¡Hacía mucho que no nos veíamos, comisario!

—Hola, guapísima. ¿Está mi amigo?

—Sí que está, pero reunido. Vaya a su despacho, que lo aviso.

En Retelibera se sentía como en su casa. Y el director, el periodista Nicolò Zito, era un amigo de verdad. Apenas tuvo que esperarlo diez minutos en su despacho. Cuando llegó, se dieron un abrazo.

—¿La familia bien? —preguntó el comisario.

—Estupendamente. ¿Qué me cuentas?

—Podríamos hacernos un favor mutuo.

—Dispara.

—¿Te has enterado de que el diputado Mongibello pretende hacer una interpelación parlamentaria sobre el suicidio de Borsellino?

—Claro. Y también he oído al baboso de Ragonese. Quieren endosarte la responsabilidad moral del suicidio, porque, según ellos, lo torturaste psicológicamente. Está claro lo que pretenden: quieren joderos bien jodidos a ti y al jefe superior.

—Como siempre, lo has entendido todo.

—¿Qué pensáis hacer?

—No tengo ni idea de lo que quiere hacer el jefe superior, sólo sé lo que quiero hacer yo.

—¿Y qué es?

—Darte esto.

Montalbano sacó la grabadora digital del bolsillo y se la entregó.

—¿Qué hay grabado ahí?

—Todo lo que hablamos con Borsellino, primero Mimì Augello y después yo.

Zito pegó un salto en la silla.

—¡¿En serio?!

—Escúchalo y juzga por ti mismo. Primero hay cuatro conversaciones de Borsellino con otra gente, luego viene la nuestra.

Zito se quedó callado un rato y luego dijo:

—Tienes que entender que, en cuanto la emita, será el fin del mundo. El juez confiscará la grabadora, desde luego, y...

—Perdona, pero a mí el aparato en sí no me interesa. Me basta con que hagas una copia de todo lo que hay grabado en ella y me la guardes.

—Sí, por supuesto. Pero no se trata de eso. Yo no te pregunto cómo has conseguido esta grabación, pero, si el juez me pregunta de dónde la he sacado, ¿qué explicación le doy?

—La más clásica de todas: que te llegó en un paquete sin remitente.

—A lo mejor me da tiempo de emitirla dentro de un rato, en las noticias de la una.

En cuanto puso un pie en la comisaría, fue a ver a Augello a su despacho.

—¿Has convocado a Strangio y a su abogado?

—Sí. Pero el abogado no puede venir. Me ha dicho que nos vemos igualmente. ¿No te parece un poco extraño?

—Pues claro que es extraño. Tampoco se presentó cuando Tommaseo le tomó declaración a su cliente.

—A ver, ¿me cuentas por qué salgo ganando si no llevo este caso?

—Porque ya te estás arriesgando bastante al seguir ocupándote del robo del supermercado.

—¿Puedes explicarte mejor?

—Mimì, ¿recuerdas que te dije que íbamos a combatir en cuatro frentes?

—Claro.

—Me equivocaba. Son cinco.

Le contó la conversación con el jefe superior y las conclusiones a las que había llegado.

Mimì se quedó pasmado, confuso, disgustado.

—Ahora vamos a la sala de reuniones —dijo Montalbano, después de mirar la hora.

—¿Para qué?

—Para ver la tele.

La habían instalado hacía seis meses. Había llegado la orden de que tenía que haber una en todas las comisarías.

Mimì encendió el aparato y puso Retelibera. Empezó la sintonía de las noticias y al poco rato apareció la cara de Zito.

«Informamos a nuestros telespectadores de que, inmediatamente después de las noticias, vamos a emitir una gran exclusiva sobre el suicidio del director del supermercado de Vigàta, Guido Borsellino. Como saben ustedes, el diputado Mongibello, del partido en el poder, ha avisado al jefe superior de Montelusa de que va a hacer una interpelación parlamentaria sobre ese suicidio, que considera consecuencia de la actuación no especialmente ortodoxa del comisario Salvo Montalbano. Para ser exactos, el señor Mongibello sostiene que el comisario Montalbano sometió a Borsellino a "una auténtica tortura psicológica". Nosotros estamos en disposición de revelar cómo sucedieron realmente los hechos, gracias a la grabación original de la conversación mantenida entre el subcomisario Domenico Augello y Borsellino y, posteriormente, entre el comisario Montalbano y Borsellino. Vamos a emitir la grabación íntegra, aunque existe un espacio vacío de una media hora entre la conversación con el *dottor* Augello y la del comisario Montalbano. Pero primero pasemos a la actualidad del día.»

Entonces salió una chica muy guapa que dijo:

«Buenos días. Éstas son las principales noticias de la jornada.»

13

Aparecieron las obras de un edificio en construcción.

«En Montereale, dos inmigrantes que trabajaban en negro han muerto al caer de un andamio. La magistratura ha abierto diligencias.»

Después, los habituales robos, los habituales incendios provocados, las habituales pateras, algún intento de homicidio... Y, por fin, reapareció la cara de Zito.

«A continuación, vamos a emitir la grabación anunciada. Para las personas con discapacidad auditiva, hemos preparado una transcripción que se emitirá junto con las imágenes, en forma de subtítulos.»

La media hora en la que no hablaba nadie y sólo se oía a Mimì silbar y a Borsellino andar, arrastrar sillas y cerrar la ventana entre murmullos resultó muchísimo más impresionante que cualquier imagen.

Al final, Mimì Augello se dio cuenta de que estaba sonriendo.

El diputado Mongibello iba a tenerlo muy difícil para seguir manteniendo la tesis de la tortura psicológica.

Montalbano se fue a comer a la *trattoria* de Enzo.

—Tengo un hambre canina —anunció nada más sentarse.

Y le sirvieron como quería. Entremeses de marisco (doble ración), espaguetis con almejas y mejillones (ración y media), parrillada de calamares y langostinos (doble ración), vino, nada de agua y café.

Salió de la *trattoria* convencido de que el paseo hasta el muelle sería indispensable si quería sobrevivir.

Al llegar al pie del faro, se sentó en la roca plana y se puso a reflexionar.

¿Con qué fin había grabado Borsellino tan esmeradamente la conversación mantenida primero con Mimì y luego con él?

Sin duda, tenía que haber un motivo.

A pesar de la comilona, el cerebro le funcionaba bien, y tras darle vueltas y más vueltas durante un cuarto de hora, se convenció de que la intención inicial de Borsellino había sido casi con seguridad que los Cuffaro oyeran las conversaciones con la policía, para demostrarles que su conducta era impecable, que no había dicho una sola palabra ni de más ni de menos. Sin embargo, cuando Mimì había mencionado que las puertas no estaban forzadas, lo había cogido completamente por sorpresa. Estaba claro que para él aquello era una novedad. Por lo visto, como al llegar al supermercado entraba siempre por la puerta de atrás, no había ido a comprobar las de delante, por donde accedía el público, una de las cuales tendría que haberla forzado el ladrón. Quizá en ese momento se dio cuenta de que le habían tendido una trampa y de que, tal como estaban las cosas, alguien pretendía convertirlo en el sospechoso del robo. Por eso había reaccionado de la única forma posible, es decir, pidiendo la presencia de su abogado. Sin embargo, las preguntas que Montalbano le había hecho a continuación no le habían dejado ninguna vía de escape. Y su llanto, al final, sonaba prácticamente como una confesión.

En ese contexto, la grabación ya no le servía de nada.

Peor aún. El significado de su llanto era inequívoco.

Entonces, ¿por qué no la había borrado?

Quizá había vuelto al supermercado precisamente para eso, pero el asesino no le había dejado tiempo. Y si el asesino no se había llevado la grabadora, como se había llevado el móvil, era porque no conocía su existencia. Y por suerte, no le había dado por mirar en el bolsillo interior de la americana.

En ese punto, se le ocurrió otra cosa.

Borsellino había llamado a la comisaría para denunciar el robo a las ocho de la mañana, hora de apertura al público. Pero sin duda había llegado antes, aunque sólo fuera para abrir la puerta al personal. ¿Era posible que no se hubiera dado cuenta del robo nada más poner un pie en su despacho?

¿Por qué no lo había denunciado de inmediato?

Quizá porque antes lo había hablado con alguien.

En la grabadora digital había cuatro conversaciones, de las cuales como mínimo tres eran del día anterior, porque era materialmente imposible que Borsellino las hubiera mantenido esa misma mañana. Por eso la llamada telefónica que hablaba del robo podía ser, tal vez, la que Catarella había etiquetado como «Conversación con uno cuyo nombre no se *intiende*».

Pero... ¿se trataba de una conversación en persona o por teléfono?

Miró el reloj. Eran casi las tres. Seguro que Zito ya había comido y había vuelto a Retelibera. Se fue a la comisaría.

—Buenas tardes, Montalbano al aparato. ¿Está Zito?

—Ahora mismo se lo paso.

—¿Te ha gustado el programa? —le preguntó Zito en cuanto descolgó.

—Sí, mucho. Gracias.

—Aquí están llegando decenas de llamadas. Todas están a vuestro favor y en contra de Ragonese y Mongibello.

—Me das una alegría, pero...

—¿Pero...?

—La verdad es que no creo que, a estas alturas, la voluntad popular o la opinión pública sigan teniendo efectos concretos.

—Entonces, según tú, ¿la prensa y la televisión no sirven para nada? ¿No sirven para formar la opinión pública?

—Nicolò, la prensa, esto es, la prensa escrita, no sirve para nada. Italia es un país con dos millones de analfabetos totales y un treinta por ciento de la población que a duras penas sabe firmar. Tres cuartas partes de los que compran el periódico sólo leen los titulares, que, con frecuencia, y eso es una costumbre estupenda muy italiana, dicen lo contrario que el artículo. Los pocos que quedan ya tienen formada una opinión y se compran el periódico que la refleja.

—En lo relativo a la prensa escrita —contestó Nicolò, tras una breve pausa—, podría estar de acuerdo en parte, pero ¡tienes que reconocer que la televisión la ven incluso los analfabetos!

—Y se nota, la verdad. Las tres cadenas privadas más importantes son propiedad personal del líder del partido en el poder, y dos de las públicas están dirigidas por hombres elegidos por ese mismo líder. ¡Así se forma tu maravillosa opinión pública!

—Pero mi televisión no está...

—Tu televisión es una de las pocas excepciones, es realmente una voz libre. Pero ahora te pregunto una cosa: ¿cuántos espectadores tienes con respecto a Televigàta? ¿Una décima parte? ¿La mitad de eso? A los italianos no les gusta escuchar voces libres, las verdades son un estorbo para su cerebro en somnolencia perenne, prefieren las voces que no dan la tabarra, que les confirman la pertenencia al rebaño.

—Perdona, pero entonces, ¿por qué has acudido a mí, para...?

—Para que lo oyera quien tenía que oírlo. Mira, vamos a hablar de cosas serias. ¿El juez ha ordenado la confiscación de la grabadora?

—Todavía no.

—¿Has podido hacer una copia de todo?

—Sí. De todo lo que había. Incluido lo que no tiene que ver con el robo.

—Ten en cuenta que para mí es un material precioso.

—Tranquilo.

—Mañana a última hora de la mañana paso a recogerlo.

—Ven cuando quieras.

Mientras tanto, la conversación con el desconocido, según la catalogación catarelliana, podía leerla en papel. Buscó las hojas de la transcripción, pero no estaban entre los papeles amontonados en su mesa. Y tampoco en el cajón central.

—¿Se puede? —preguntó Fazio.

Interrumpió la búsqueda, ya seguiría luego.

—¿Has encontrado algo en la casa?

Fazio parecía decepcionado.

—La correspondencia de Strangio es toda comercial, hay alguna carta privada, pero sin importancia. Tampoco hay nada en la correspondencia de la Carlesimo, prácticamente sólo hay cartas de sus padres, que viven cerca de Palermo, y alguna que otra postal de una amiga que debía de ser íntima. Vive aquí, en Vigàta, y le escribía cuando hacía algún viaje. ¿Puedo mirar un papel que llevo en el bolsillo?

—Sí, pero ya sabes cuál es la condición.

—Sí, jefe, lo sé y lo respeto.

Sacó un papelito, le dio un vistazo y volvió a guardárselo.

—La amiga se llama Amalasunta Gambardella y vive en la via Crispi, número 16.

¡Amalasunta! ¿Cómo se llamaba el pintor que hacía *amalasuntas*?

—Después de hablar con Strangio, ya veremos si es cuestión de hacerla venir. ¿Había algo más?

—Sí, señor. Una agenda diaria de la chica. Apuntaba sólo citas menores: cuándo tenía que ir a Palermo para las clases, o a la peluquería, cosas así. En cambio, en la agenda telefónica hay una buena cantidad de números que me gustaría estudiar. La agenda diaria la tengo aquí. ¿Quiere verla?

—No. Repásala tú.

—Ah, he traído el ordenador de la chica y se lo he dado a Catarella.

—¿Cómo sabes que era el suyo?

—Lo he encendido y he visto que había cosas de arquitectura.

—¿Y el de Strangio no estaba en la casa?

—No, señor.

Catarella apareció en el umbral.

—*Dottori*, parece que tengo a aquel muchacho, Ostrangio, al que usía tiene que interrogar. Lo he hecho pasar a la salita.

—¿Ha venido solo?

—Sí, señor.

—Mira a ver si viene el abogado.

Catarella se acercó a la ventana, la abrió y asomó la cabeza.

—¿Qué haces?

—Lo que me ha dicho usía: miro a ver si viene el abogado.

¿Qué era aquello? ¿Una película de los hermanos Marx?

—¡No, hombre, que vayas a preguntárselo a Strangio!

—¡Ahora mismísimo!

—Fazio, tú toma nota de todo.

El inspector jefe se levantó y salió. Catarella volvió a aparecer.

—Dice lo siguiente: que es inútil esperar porque el abogado está ocupado.

Fazio regresó con el portátil que unos años atrás había reemplazado a la vieja máquina de escribir y fue a sentarse en la butaca.

—Catarè, dile a Augello que venga ahora mismo y luego haz pasar al muchacho.

Mimì llegó al momento y se sentó en una de las dos sillas que había delante de la mesa.

Cuando Strangio entró en el despacho, parecía tranquilo, pero iba sin afeitar y tenía los ojos rojos. Le temblaban ligeramente las manos.

—Póngase cómodo —pidió Montalbano, señalando la silla libre.

Mientras Strangio se sentaba, sonó el teléfono. El comisario lo descolgó.

—¡No estoy para nadie! —gritó, antes de cortar la comunicación—. Señor Strangio...

Volvió a sonar el teléfono.

—¡Ah, *dottori*! ¡Ah, *dottori, dottori*!

Era el jefe superior.

—Pásame la llamada al despacho del *dottor* Augello —ordenó. Y, para los presentes, añadió—: Lo siento, trataré de acabar cuanto antes.

Entró corriendo en el despacho de Mimì cuando ya sonaba el teléfono.

—¿Diga? Montalbano al aparato.

—¿Se ha enterado de que Retelibera...?

—Sí, señor jefe superior.

—Estoy muy contento, porque con eso se demuestra que Augello y usted actuaron con la máxima corrección. Me parece que la acusación contra ustedes ya no se sostiene.

¿Por qué decía «contra ustedes» y no «contra nosotros»? ¿Es que él no formaba parte de la policía? ¿Ya no iban en el mismo barco? Era un error indigno de la inteligencia de Bonetti-Alderighi.

—Estoy de acuerdo, señor jefe superior.

¿Era posible que telefoneara sólo para felicitarlo?

—Ah, oiga, Montalbano, ¿tiene usted idea de cómo puede haber acabado la grabadora en manos de ese periodista?

Así que aquél era el verdadero motivo de la llamada.

—Ni la más mínima, señor jefe superior. Cuando registré la casa de Borsellino y su despacho, de esa grabadora no había ni rastro.

—Si por casualidad se le ocurriera algo...

—Me sentiría en la obligación de transmitírselo de inmediato.

Besos y hasta otra. Volvió a su despacho.

Sin duda, durante el rato en que se había ausentado nadie había abierto la boca. El silencio era espeso como una capa de humo.

—Señor Strangio, cuando viajaba por trabajo, ¿llamaba a su novia, Mariangela?

—Por supuesto.

—¿También cuando iba a Roma?

El muchacho sonrió.

—Cuando estaba en Roma la llamaba más todavía. Nada más llegar y luego por la tarde y por la noche.

—¿También lo hizo cuando...?

—Desde luego. Aunque la última vez que hablamos fue hacia las cinco.

—¿Le dijo algo relevante?

—Me dijo que le dolía mucho la cabeza y que iba a acostarse pronto, y me pidió que no la llamara para darle las buenas noches.

—¿Le pareció tranquila?

—Tranquilísima. Normal.

—¿Cómo la llamó? ¿Con el móvil?

—No, desde una cabina.

—¿Por qué?

—Porque aún no había ido al hotel y se me había descargado el móvil.

—Luego, evidentemente, lo cargó, porque declaró usted al *dottor* Tommaseo que la llamó varias veces mientras conducía de Punta Raisi a Vigàta.

—Sí. Lo recargué nada más llegar al hotel.

—¿Cómo se llama el hotel donde se alojó?

—Sallustio. Si quiere el número...

—No me hace falta, gracias. Ahora me gustaría que tratara de recordar qué hizo después de la reunión en IBM.

—¿Después de la reunión? Fui a cenar y...

—¿Suele cenar usted a las cinco de la tarde?

Strangio volvió a sonreír. Pero esa vez fue una sonrisita de listillo que molestó mucho al comisario.

—Veo que se ha informado. Me fui a dar un paseo por Roma.

Montalbano tuvo de repente la clara sensación de que aquel muchacho no le estaba diciendo la verdad.

En ese momento, se le ocurrió algo. Iba a marcarse un farol, aunque a Livia no le hiciera gracia. Antes, sin embargo, hizo un poco de teatro, al estilo Bonetti-Alderighi. Cogió un bolígrafo, analizó la punta con interés, volvió a dejarlo en su sitio y por fin habló con voz muy muy seria:

—Señor Strangio, me veo obligado a pedirle que considere la respuesta que acaba de darme. ¿Desea cambiarla?

—No. ¿Por qué iba a hacerlo?

—Porque el *dottor* Augello, aquí presente, ya ha telefoneado al hotel Sallustio. Como ha observado usted mismo, estamos ampliamente informados de su estancia en Roma.

Strangio se puso rígido como un bacalao en salazón y no abrió la boca. Montalbano se dirigió a Augello:

—Detalla lo que te han dicho.

Mimì demostró estar a la altura de la situación.

Sacó un papel del bolsillo con parsimonia y fingió leer lo que decía.

—El cliente dejó el hotel por la tarde, tras saldar la cuenta.

Dobló el papelito con calma y se lo guardó en el bolsillo.

Strangio cayó en la trampa al instante, cuan largo era.

—Lo que pasa es que no me gustaría de ningún modo... —empezó con dificultad, mucho más nervioso que antes.

—Espere, señor Strangio. Deseo que conste mi más profundo disgusto por la ausencia de su abogado, al que por requerimiento mío se ha avisado de esta reunión. Si quiere, llegado este momento puede negarse a continuar.

El muchacho no se lo pensó ni un momento.

—Sigamos. Cuanto antes acabe esta historia, mejor.

—Fazio, ¿has hecho constar que he comunicado al señor Strangio que podía interrumpir el interrogatorio a petición suya? ¿Sí? Entonces podemos proseguir. Señor Strangio, ¿puede decirnos dónde estuvo después de la reunión?

El joven tragó saliva dos veces antes de abrir la boca.

—Quería evitar implicar... Sí, es verdad, pasé por el hotel, saldé la cuenta, pedí un taxi y me fui a... a casa de una amiga.

—Cuando llegó a casa de esa amiga, ¿qué hora era?

—Pues... más o menos las seis y media.

—¿Qué hicieron?

—Estuvimos... hablando. Y luego cenamos. En su casa. Porque... la había avisado de que no estaba ocupado.

—¿Durmió en casa de su amiga?

—Sí.

—¿Y desde allí, a la mañana siguiente, se fue al aeropuerto?

—Sí.

—A esa amiga va a verla cada vez que pasa por Roma.

—Sí.

—¿Es su amante habitual?

—Sí.

¡Bien por Strangio, que se había echado una amiguita romana!

—¿Puedo fumar? —preguntó el joven.

—Por ahora no. ¿Cuánto tiempo hace que mantiene esa relación?

—Unos dos años, con una interrupción de varios meses.

—¿Su novia estaba al corriente?

—No.

—Nombre y apellido, dirección y teléfono de esa amiga.

—¿No podría evitarse que...?

—No, señor Strangio. Tenga en cuenta que ésa es su coartada.

—Está bien. Si no hay otra solución... Se llama Stella Ambrogini, vive en la via Sardegna, 715. Su teléfono es el 06-3217714. Su móvil, el 338-55833. Podrá confirmarlo todo. Pero...

—Dígame.

—En la rueda de prensa he dicho que había dormido en el hotel.

Pero... ¿de qué estaba hablando?

—¡¿Ha dado una rueda de prensa?!

—Sí.

Montalbano se puso a maldecir en voz baja. Vio que también Fazio y Mimì se habían sorprendido.

—¿Por qué?

—Insistieron tanto...

—¿Quiénes?

—Los periodistas.

La pregunta que le hizo se le escapó antes de que pudiera retenerla:

—¿Su padre estaba de acuerdo?

—Mi padre no estaba. Se había ido a Nápoles, vuelve esta noche. No le he dicho nada.

—¿Dónde la ha hecho?

—En casa de mi padre, donde vivo actualmente.

—¿Estaba presente su abogado?

—No.

¡No, claro! Ése nunca aparecía. Si no lo hubiera visto en persona, Montalbano habría podido dudar incluso de su existencia.

—Perdone, señor Strangio, tengo que hacer una pausa. Fazio, que Catarella lo acompañe afuera a fumar y luego lo lleve a la salita. Tú vuelve ahora.

Salieron Fazio y Strangio.

—¡Bravo, Mimì! No hemos perdido la práctica del juego en equipo.

—Gracias.

Volvió Fazio y se sentó en la silla que había ocupado Strangio.

—Esa historia de la rueda de prensa me ha pillado desprevenido —dijo el comisario—. ¿A vosotros qué os parece?

—Él lo niega, pero puede ser una jugada sugerida por su padre —respondió Mimì.

—No estoy de acuerdo —dijo Fazio—. El padre utiliza a periodistas como Ragonese. Exponer a su hijo, que evidentemente no está bien de la cabeza, y sin que ni siquiera esté el abogado a su lado, no me parece cosa de un político de nivel como el presidente de la provincia.

—Yo estoy con Fazio —aseguró el comisario—. Ha sido un arranque de ingenio independiente del muchacho. Pero la pregunta es: ¿qué pretendía? Algún motivo tiene que haber.

—Mirad, esta noche escuchamos la grabación y luego lo hablamos —propuso Augello.

—La novedad es que al parecer Strangio tiene una buena coartada —dijo Montalbano—. Ve a tu despacho y llama a esa chica. A ver si está dispuesta a confirmarlo todo delante de un juez. Yo voy a fumarme un pitillo.

—Pero ¡si en el patio está Strangio! —exclamó Mimì.

—Pues yo me voy al retrete.

14

Al volver al despacho, se encontró a Fazio charlando con Mimì.

—¿Has hablado con ella?

—Sí, señor. Por lo visto, Strangio ya la había puesto al tanto. Sabía lo del asesinato. Está dispuesta a confirmarlo todo ante un tribunal.

—Que lo diga ante un tribunal no significa nada —intervino Mimì—. En un tribunal se puede jurar en falso perfectamente.

—Por eso vamos a seguir —dijo Montalbano, y, volviéndose hacia Fazio, ordenó—: Haz entrar a Strangio.

—¿Estaba enamorado de su novia?

El joven tuvo un momento de duda.

—La quería.

Lo dijo con el tono de quien asegura haber cogido cariño a un perro que acaba de morir. Él mismo se dio cuenta y se sintió obligado a dar explicaciones.

—Cuando apenas llevábamos dos meses viviendo juntos, Mariangela y yo nos quedamos en... buenos amigos. Aunque de vez en cuando, o incluso con frecuencia, nos diera por hacer el amor. Nos habíamos dado cuenta de que se trataba de un error por las dos partes, ya no había arrebato, pasión. Afecto, sí. Mucho. Fue... como un viento que amaina de repente. Y ya está.

—¿Hablaron de esa nueva situación entre ustedes dos?

—Desde luego. E incluso largo y tendido. Decidimos que cada uno haría su vida.

—Si no tenían ningún vínculo oficial, ¿por qué siguieron conviviendo?

—Uf. Quizá, aunque pueda parecerles raro, por pura pereza. Creo...

—Siga.

—Creo, aunque es una suposición, ténganlo en cuenta, creo que en los últimos meses Mariangela, al sentirse libre sentimentalmente, había encontrado... ¿cómo decirlo?, un nuevo interés.

—¿Qué le hace suponer una cosa así?

—¡No lo sé! Cierto cambio de humor... Estaba... estaba otra vez más alegre, más... Aunque a veces también se ponía muy triste, se cerraba en banda...

—Estaba embarazada de dos meses —disparó Montalbano.

Se sorprendieron más Augello y Fazio que el muchacho.

—¿Ah, sí? No me lo había dicho... —Una pausa y luego añadió—: A saber si era yo el padre.

Ni preocupado ni contento, sólo algo curioso.

—¿Esa interrupción de la relación con su amiga de Roma, a la que ha hecho referencia antes, cuándo sucedió?

—Durante los primeros meses de convivencia con Mariangela.

—¿Tiene alguna idea de quién puede ser el hombre por el que la chica demostraba interés, como ha dicho usted?

—Ni la más remota idea.

La respuesta había sido demasiado rápida. Quizá sí tenía una alguna idea, y no tan remota.

—Cuando abrió la puerta al llegar a casa desde Punta Raisi... A propósito, ¿estaba cerrada con llave?

—Claro. Mariangela, sobre todo cuando se quedaba sola, siempre tenía miedo de que...

—¿Notó indicios de que la hubieran forzado?

—No había ninguno. O, si los había, yo no los vi.

—¿Me confirma que vino directamente a la comisaría tras descubrir el homicidio?

—Se lo confirmo. A las nueve llegué a Punta Raisi, poco después de las diez y media ya estaba aquí, en Vigàta, y a las once vine a la comisaría.

—¿Sólo una hora y media del aeropuerto a Vigàta?

—Sí. Conduzco bien. Una hora y media cuando no hay tráfico, naturalmente.

Sonó el teléfono.

—¡Ah, *dottori*! Acaba de llamar ahora mismito el fiscal Gommaseo y como le he dicho que usted, o sea, usía, estaba ocupado con Astringio, él me ha dicho que le dijera a usía, o sea, a usted, que le dijera al susodicho que el fiscal Gommaseo lo espera, no a usía que sería usted, sino al Astringio susodicho, mañana por la mañana a las nueve y media en su despacho de él, en Montilusa, a las nueve y media de mañana por la mañana. Y luego ha dicho que además usía, o sea, usted, tiene que llamarlo en cuanto termine.

—El *dottor* Tommaseo lo espera mañana por la mañana, aunque sea domingo, a las nueve y media en el Palacio de Justicia —comunicó Montalbano al joven. Y luego agregó—: Creo que, por hoy, ya tenemos suficiente.

—Me gustaría decir algo que no me cuadra —dijo de repente Strangio.

—Adelante.

—Mariangela... cuando la vi desde el pasillo, estaba desnuda encima de la mesa del estudio. ¿Han encontrado alguna prenda suya en esa habitación?

—No.

—Es raro.

—¿Por qué?

—Generalmente, por la noche, antes de acostarse, se daba una ducha y luego se paseaba por casa en albornoz... Blanco, de toalla. ¿Lo han encontrado?

—En el estudio no estaba.

—Hay otra cosa... El *dottor* Tommaseo dijo que metiera el coche en el garaje, pero luego lo precintó. Me dejé el ordenador dentro del coche y sin él no puedo trabajar. Me gustaría recuperarlo. ¿Es posible?

—Pídaselo al *dottor* Tommaseo. Y escúcheme bien: encárguese de que mañana por la mañana también esté presente su abogado. Mimì, por favor, acompaña al señor.

Se despidieron, y Augello y Strangio salieron juntos.

—Mañana por la mañana, aunque sea domingo —dijo el comisario a Fazio—, haz venir a esa amiga íntima de Mariangela. Después de lo que nos ha contado Strangio, creo que es imprescindible hablar con ella.

Cuando también se fue Fazio, Montalbano se puso a buscar la transcripción otra vez. No la encontró por ningún lado. Se quedó convencido de que se la había llevado a Marinella.

Se había hecho tarde. Llamó a Tommaseo, esperando que la conversación fuera breve.

—¿Montalbano? ¿Viene usted también mañana?

—La verdad es que debería...

—No pasa nada. ¿Le ha apretado las clavijas a Strangio a base de bien? ¿Sabe que yo ya he descubierto cómo la mató?

—¡No me diga! Cuénteme.

—Es una simple cuestión de horarios de vuelos. Escúcheme bien. Strangio coge el avión de Roma de las...

—*Dottore*, yo tuve la misma idea y me informé. Lo que usted supone sería posible si...

—¿Ve como ha llegado a la misma conclusión? ¡Y, además, el *dottore* Pasquano nos ha dado el móvil! ¡Estaba embarazada! Strangio descubre que Mariangela espera un hijo, sin duda tiene sus sospechas, está casi seguro de que no es el padre, y entonces, loco de celos, decide matarla. Coge un avión en Roma...

—Eso ya lo hemos dicho.

—Ah, sí.

—Pero, mire, resulta que Strangio tiene coartada.

—¿Qué coartada?

—Pasó la noche en Roma con su amante. Y la chica está dispuesta a testificar ante el juez.

—Pero ¡qué va a valer el testimonio de una fulana!

Montalbano se quedó desconcertado.

—¿La conoce?

—No. ¡Ni siquiera sé cómo se llama, él no me lo ha dicho!

—Entonces, ¿por qué dice que...?

—¡Por intuición!

—Pero es que...

—Pasó como yo le digo, Montalbano. Hombre, tienes entre manos una maravilla, una preciosidad, una flor perfumada, una joya, un...

—Perdone, pero ¿a qué se refiere?

—¡Pues a Mariangela! Mientras hablamos, voy mirando sus fotos. ¡¿Tienes entre las manos a un ángel y te vas con una mujer del pecado como esa fulana, que por cuatro monedas está dispuesta a jurar en falso?!

¿Era posible que Tommaseo se hubiera enamorado locamente de Mariangela? En ese caso, Strangio, culpable o inocente, las pasaría canutas. Mejor aclarar las cosas cuanto antes.

—Perdone, *dottor* Tommaseo, pero creo que está cometiendo un grave error de cálculo.

—¿Ah, sí?

—Sí. No estoy de acuerdo con usted en concentrar las pesquisas sólo en Strangio.

—Escúcheme, comisario, ¿aquí quién dirige la investigación?

—Usted. Pero se lo repito: no estoy de acuerdo. Sigue habiendo todo un abanico de...

—Si no está de acuerdo, ¿sabe qué pasa? Que me veré obligado a hablar con el jefe superior.

—Haga lo que mejor le parezca.

· · ·

Ya puestos, Montalbano decidió tirarse a la piscina. En vez de dirigirse a Marinella, cogió la paralela, la via Pirandello, que era la que llevaba a casa de Strangio. Le había pedido las llaves a Fazio. Aparcó delante de la verja, que se había quedado abierta, y bajó. En aquel momento no pasaba nadie. Recorrió el caminito, llegó hasta la puerta, apartó el precinto, abrió, entró y cerró. Encendió la luz y subió al primer piso.

En el estudio, el olor a sangre aún era intenso. Miró la mesa encima de la cual habían encontrado a Mariangela en una pose obscena. Como si el asesino la hubiera matado mientras se disponían a hacer el amor.

Salió de la habitación y la miró desde el pasillo. Strangio había dicho la verdad: desde allí se veía todo perfectamente. No le había hecho falta acercarse más para darse cuenta de lo que había sucedido.

Entró de nuevo. Encima de la gran mesa había, además de folios con el logotipo de IBM, libros y dibujos de arquitectura, planos de ciudades, manuales de urbanismo, grandes hojas de papel vegetal, papel de dibujo, lápices de distintos colores, gomas, rotuladores fluorescentes, escuadras... Todo empapado de sangre.

El albornoz blanco no estaba en el estudio.

Lo buscó por toda la casa, pero no lo encontró. Quizá el asesino se lo había llevado. Tal vez lo había metido en una bolsa de plástico común y corriente.

Pero... ¿por qué daba tanta importancia Strangio a ese albornoz?

Salió a la calle, cerró, colocó bien el precinto. Luego echó a andar por el callejón que llevaba a la parte de atrás, que se llamaba via Brancati.

Allí estaba el garaje, también con su precinto. Lo retiró, levantó el portón metálico y vio salir volando un papelito que cayó al suelo. Intrigado, encendió la luz del garaje para ver mejor, se agachó para cogerlo y lo miró. Era una tarjeta con la inscripción «Agencia de seguridad SUEÑOS TRAN-QUILOS».

Por lo visto, el guardia jurado, al pasar por la noche, metía una tarjeta entre el portón y la pared para demostrar que había hecho su trabajo. Al levantar el portón, la tarjeta caía al suelo. Quiso comprobarlo. Cerró, la metió en el resquicio y abrió otra vez. La tarjeta cayó. La recogió de nuevo y le echó otro vistazo; luego se dio cuenta de que en el suelo había tres más, que debían de llevar allí varios días. Las cogió, las dobló dos veces y se las metió en el bolsillo junto con la primera. Había algo que no encajaba, pero no sabía qué. Entró en el garaje.

Allí estaba el BMW de Strangio. Vio el portátil encima del asiento trasero. El garaje tenía, en el lado contrario, otro portón metálico idéntico al primero. También lo levantó. También lo habían precintado. Daba al jardín de la casa.

Muy cómodo. Uno llegaba con el coche por la via Brancati, lo metía en el garaje y entraba en casa cruzando el jardín, sin tener que volver a salir a la calle. Además, también se podía entrar con el coche por la verja de acceso al jardín y meterlo en el garaje por el otro portón.

Lo cerró todo, salió a la calle y colocó el precinto en su sitio.

Algo lo indujo a mirar hacia arriba. En el cuarto piso del bloque vecino, una mujer lo observaba, asomada al balcón. Era, sin duda, la misma que estaba disfrutando del sol y lo había mirado en su primera visita a aquella casa. ¿Acaso se pasaba día y noche en el balcón?

Cogió el coche y se fue hacia Marinella.

Revolvió toda la casa en busca de las transcripciones, pero no aparecieron. La única explicación posible era que, al recoger los expedientes que había firmado, se las hubieran llevado sin darse cuenta.

Se lo preguntaría a Catarella al día siguiente. Puso la mesa en el porche, como siempre, y fue a por el plato de salmonetes encebollados que le había preparado Adelina, una delicia. Sin embargo, no les hizo los honores que se merecían: una idea inquietante le rondaba la cabeza.

Terminó, recogió, dejó el whisky y el tabaco en la mesita del porche, entró a buscar las tarjetas, las dejó también encima de la mesita, se sentó y las ordenó cronológicamente.

Eran cuatro, e iban del 5 de aquel mes al 8.

Todo normal. Estaba perdiendo el tiempo. Y sin embargo...

Cogió la botella y se dispuso a destaparla. En ese preciso instante, una ligera ráfaga de aire bastó para llevarse por delante las tarjetas. Como tenía las dos manos ocupadas, no pudo detener su vuelo. Maldiciendo su suerte, se lanzó tras ellas. Dos aterrizaron dentro del porche, la tercera fue a parar un poco más allá, en la arena, y la cuarta desapareció. Soltando una retahíla de imprecaciones en distintas combinaciones inéditas, entró en casa a la carrera, agarró la linterna y salió. Tardó diez minutos en encontrarla. Por fin volvía a tenerla en la mano.

Y mientras tanto había entendido por qué aquel asunto no le cuadraba desde el principio, desde su llegada al garaje.

Sin embargo, necesitaba una confirmación inmediata, porque en caso contrario no podría pegar ojo en toda la noche.

Fue hasta el teléfono con la tarjeta y marcó un número.

—Fazio, perdona, ya sé que es tarde, pero...

—Dígame, *dottore*.

—¿Tú estabas delante cuando Tommaseo confiscó el coche de Strangio y le ordenó meterlo en el garaje? Dime cómo fue la cosa.

—El coche se había quedado en comisaría. Yo lo acompañé con Gallo y después el propio Strangio lo condujo hasta la casa. Nosotros lo seguimos. Pero no torció en via Brancati, sino que entró por la verja, cruzó el caminito interno que lleva al portón metálico, lo abrió y metió el coche dentro. Luego Tommaseo precintó las dos puertas del garaje.

—Una cosa más. ¿Verdad que Strangio declaró que, al llegar de Punta Raisi, metió el coche en el garaje y luego, para entrar en casa, cruzó el jardín?

—Sí, jefe, es lo que dijo.

—Y que luego, descubierto el asesinato, volvió a coger el BMW para ir a comisaría, ¿no?

—Exactamente.

—Gracias. Buenas noches.

Para evitar el peligro del viento, alineó las tarjetas encima de la mesa del comedor y se sentó a estudiarlas.

Así pues, a la pobre Mariangela la habían matado el 7 por la noche. Strangio, que ya se había ido, como demostraba la tarjeta del 7 caída dentro del garaje, vuelve el día siguiente por la mañana, el 8, y, siempre según su declaración, levanta el portón para guardar el coche en el garaje.

Si fuera cierto, la tarjeta del día 8 tendría que haber caído al suelo.

En cambio, había quedado en su sitio.

Y tampoco había podido caer cuando Tommaseo le ordenó a Strangio que metiera el coche en el garaje, porque había utilizado la otra entrada.

No, aquella tarjeta no tendría que haber estado allí si todo hubiera sucedido como aseguraba Strangio. Sin embargo, estaba, lo que significaba que las cosas no habían pasado como decía el muchacho...

Entonces, ¿cómo habían pasado?

Quedaba claro que, al llegar del aeropuerto, Strangio no había entrado en el garaje y simplemente había dejado el BMW delante de la verja.

Como si ya supiera que iba a necesitarlo poco después para ir a la comisaría. Como si ya supiera lo que iba a encontrarse en el estudio.

Recogió las tarjetas, se las metió en el bolsillo, salió al porche, se sirvió medio vaso de whisky y se dispuso a esperar la llamada de Livia.

No le apetecía pensar en nada, le bastaba con mirar el mar.

・・・

Se despertó a las siete y media. «¿Para qué tengo que levantarme? —pensó—. Es domingo, puedo tomármelo con un poco de calma.» Cerró los ojos, pero no habían pasado ni diez minutos cuando sonó el teléfono. Contestó. Era Nicolò Zito, bastante alterado.

—Hace una media hora me ha llamado a casa una señora de la limpieza que se ha encontrado la puerta de Retelibera reventada. He avisado a la jefatura de policía y me he venido corriendo.

—¿Qué han robado?

—¿No te lo imaginas? Una sola cosa que estaba encima de mi mesa.

—¿La grabadora?

—Exacto.

A Montalbano se le cayó el alma a los pies.

—¿Y la copia?

—La copia no, me la había llevado a casa. Pero quería avisarte.

El comisario dejó escapar un gran suspiro de alivio.

—Gracias.

—Aun así, hay algo que no acabo de entender. ¿No se dan cuenta de que es un gesto idiota e inútil? Tendrían que haber robado también la grabación de las noticias de ayer. La tenemos justo al lado.

—Tampoco es que siempre hayan sido inteligentes, Nicolò.

Colgó. Era inútil volver a acostarse. Se fue a la cocina a hacer el café.

En realidad, aunque no había querido decírselo a Zito, la jugada de los ladrones tenía sentido. Era evidente que les interesaba todo lo que pudiera haber en la grabadora, no sólo la parte que se había emitido.

Llegado a ese punto, empezó a pensar que para tapar un simple robo de no mucha entidad, en eso tenía razón Fazio, ya llevaban dos homicidios y otro robo que sin duda daría mucho que hablar, al haberse producido en las instalaciones de una cadena de televisión. Era muy probable que Zito lo calificara de intimidatorio y que pidiera la solidaridad de sus colegas.

En resumen, los que habían robado la grabadora sabían que iban a provocar un follón de padre y muy señor mío, pero de todos modos habían actuado nada más enterarse de que Borsellino tenía una grabadora escondida en su despacho. Habrían pensado: «¿A que también grabó la conversación con nosotros antes de denunciar el robo?»

Y habían actuado en consecuencia, sin perder tiempo y sin que les importara un carajo lo que pudieran decir los periódicos y las televisiones.

Se duchó, se afeitó, se vistió, se bebió otro medio tazón de café, y sonó el teléfono de nuevo. ¿No tenía que ser una mañana de domingo tranquilita?

Habían dado las ocho y media. En esa ocasión era Fazio quien llamaba.

—Perdone, *dottore*, pero ayer por la noche me olvidé de decirle que la amiga de Mariangela estará en comisaría a las diez, a la salida de misa. Yo también voy para allá.

—Muy bien.

—¿Vio la rueda de prensa de Strangio? Volvieron a ponerla a las doce.

—No, se me pasó. ¿Cómo fue?

—Contó lo mismo que nos había dicho a nosotros, pero dijo que en Roma había dormido en un hotel. ¿Y sabe qué? La pregunta más peligrosa se la hizo el propio Ragonese.

—¿Cuál fue?

—En realidad no era una pregunta, sino que demostró, con el horario en la mano, que con salir un poco antes de la reunión le habría bastado para coger un vuelo, venir a Sicilia, matar a la chica y volverse a Roma.

¡A todo el mundo se le había ocurrido lo mismo!

—Strangio —prosiguió Fazio— contestó sólo que él no había matado a su novia. Pero la parrafada de Ragonese causó impresión. Yo esperaba que lo defendiera, y en vez de eso le echó encima toda la caballería.

—Gracias, Fazio. Nos vemos luego.

Aquello simplemente quería decir que se habían dado dos órdenes: el ladrón del supermercado tenía que ser Borsellino, el asesino de Mariangela tenía que ser Giovanni Strangio.

Pero... ¿cómo era posible que su padre, Michele, el poderoso presidente de la provincia, dejara que acusaran a su hijo sin reaccionar?

¿Qué podía hacer para matar el tiempo? ¿Dar vueltas por la casa? No, podía dedicarse a algo más productivo. Salió, cogió el coche y se dirigió a Vigàta, pero, en lugar de seguir hacia el centro, al llegar a las primeras casas tomó la via Pirandello y se detuvo delante de la verja de Strangio. Bajó y miró hacia el bloque de pisos. La señora del cuarto estaba en el balcón. Enfiló por la via Brancati a pie, hasta que llegó a la altura del garaje. Allí levantó un brazo y saludó con la mano. La vecina le devolvió el gesto. Montalbano hizo bocina con las manos y gritó:

—Me gustaría hablar con usted.

—Cuarto piso, puerta dieciséis —contestó ella con el mismo sistema.

Se acercó al portal, miró el nombre que aparecía en el interfono encima del botón: el cuarto dieciséis correspondía a Concetta Arnone. Oyó el zumbido del pestillo, empujó, entró y se metió en el ascensor. La señora lo esperaba en el rellano.

—Adelante, comisario.

—¿De qué me conoce?

—Lo he visto por la tele. ¿Qué se cree? ¿Que dejo subir a cualquier desconocido que me saluda desde la calle?

15

Tenía entre sesenta y cinco y setenta años, iba arreglada, no llevaba gafas y tenía buen aspecto: pocas arrugas y ojos vivaces. Pero debía de pasarle algo en las piernas, porque no podía doblarlas. Invitó al comisario a ponerse cómodo en el sofá de la sala de estar y se sentó a su lado.

—Tengo las piernas rígidas, me cuesta mucho andar —empezó.

En el primer cuarto de hora de conversación, Montalbano se enteró de que se había quedado viuda hacía cinco años, de que no tenía hijos y de que su hermana estaba casada y vivía en Fiacca. La compra se la hacía una vecina —que era una de esas mujeres que ya no hay—, la pensión no le llegaba y, como no tenía nada que hacer, se pasaba todo el santo día en el balcón apoyada en la barandilla —sentada no estaba cómoda—, por la noche veía la televisión...

Llegado ese punto, el comisario interrumpió el monólogo.

—Señora, me gustaría que me dijera si el día ocho por la mañana se asomó al balcón y si por casualidad vio...

—El ocho era jueves, el día del *cannolo* —dijo la anciana.

—No entiendo.

—Me gustan mucho los dulces, señor comisario. Y los jueves le pido a la vecina que me compre un *cannolo*. Uno el jueves y otro el domingo, es decir, hoy mismo.

—Quería preguntarle si el jueves ocho por la mañana, hacia las diez y media, vio a Giovanni Strangio, el joven que vive en la casa de al...

—Conozco a Strangio, por supuesto, y también a su novia, pobrecita. Sí que lo vi aquella mañana.

—Nos ha dicho que, al llegar de Palermo, metió el coche en el garaje y luego...

—No, señor, no lo metió en el garaje.

Montalbano dio un respingo.

—¿No lo metió en el garaje?

—No, señor. Sólo paró delante del garaje. Reconocí el coche enseguida, pero él no bajó; se quedó ahí quieto un rato y luego se marchó. Venga conmigo.

Se levantó con dificultad. Montalbano la siguió.

¡Todo encajaba con el asunto de las tarjetas de la empresa de seguridad!

Desde el balcón se veía el garaje y todo el jardín de la casa.

—El chico se quedó quieto parado dentro del coche, como si estuviera pensando, luego arrancó y se fue. Al llegar a la via Pirannello, giró a la izquierda.

—¿Está segura? —preguntó Montalbano, estupefacto.

Si había girado a la izquierda, era porque había ido directamente a la comisaría. Para pararse delante de la verja y entrar a descubrir a su novia asesinada tendría que haber girado a la derecha.

Ni siquiera había tenido necesidad de entrar en su casa. Era inútil. Alguien le había contado ya todo lo que había pasado dentro. Y sólo podía haber sido el asesino. Un asesino al que Strangio no quería acusar, aun a costa de pasar él mismo por autor del homicidio.

—...Y por eso le repito que giró a la izquierda —concluyó la anciana.

Se había perdido lo que acababa de decir.

—No lo dudo, señora.

—Y veo bien aunque sea de noche —afirmó ella—. Me basta la luz de esa farola, esa de ahí, ¡y veo como si fuera de día!

172

—Estoy convencido.

—¿Sabe qué? Quiero contarle una cosa... sin faltarle al respeto a la difunta, a esa pobre muchacha que han matado.

—Adelante.

—Digamos que, desde hace más de tres meses, pongamos que cuatro, había un hombre que, cuando Strangio estaba de viaje, venía por las noches a verla.

Montalbano contuvo la respiración.

—Hacía lo siguiente —continuó la señora—. Llegaba a la puerta del garaje, bajaba, abría... por lo visto tenía llave. Luego metía el coche y salía por el otro lado. Yo lo veía cruzar el jardín y luego desaparecer al doblar la esquina de la casa.

—O sea, que entraba.

—Sí, claro. De lo contrario, lo habría visto salir por la verja.

—¿Consiguió verle la cara alguna vez?

—Nunca. Siempre lo vi de espaldas.

—Pero cuando salía para ir a buscar el coche...

—Probablemente se iba de madrugada. Yo nunca lo vi, a esa hora ya suelo estar durmiendo. Lo único que puedo decirle es que no era ningún jovencito, eso seguro. Como mínimo tenía cincuenta años, me di cuenta por la forma de andar.

—¿Me ha dicho que esas visitas tenían lugar cuando Strangio no estaba?

—Exacto.

En lugar de ir directamente a la comisaría, pasó primero por la pastelería y pidió que le pusieran una bandeja de doce *cannoli*.

Catarella libraba. Lo sustituía un agente que se llamaba Sanfilippo.

—¿Ha llegado Fazio?

—Sí, señor.

—Dile que venga a verme.

En cuanto apareció Fazio, le entregó la bandeja.

—Déjala en tu despacho y, cuando hayamos acabado con la chica, la coges y se la llevas a Concetta Arnone, una señora que vive en el cuarto piso del bloque de la via Brancati.

A Fazio le brillaron los ojos.

—¿Le ha dicho algo importante?

—Importantísimo. Ve a dejar la bandeja en tu despacho y vuelve, que te lo cuento.

Pero no les dio tiempo porque, en cuanto Fazio se sentó, apareció Sanfilippo para anunciar que había llegado una tal Amalasunta Gambardella.

El comisario había observado que, por lo general, las amigas del alma de las chicas guapas son bastante feúchas. Y Amalasunta no incumplía la regla.

Llevaba gafas y vestía de forma descuidada, pero tenía un aire decidido.

—Si no me hubiera llamado usted, me habría presentado por mi cuenta —fue lo primero que dijo.

—La hemos hecho venir porque el inspector jefe Fazio, al mirar entre la correspondencia de la difunta, se ha dado cuenta de que usted era su mejor...

—Ha acertado —interrumpió Amalasunta—. A mí me lo contaba todo.

—Entonces, quizá pueda sernos de mucha ayuda.

—Estoy segura.

—Muy bien, empecemos por el principio. ¿Ustedes dos cuándo se conocieron?

—Éramos compañeras de pupitre en primaria y desde entonces siempre hemos sido amigas.

—Por tanto, sabrá cómo se conocieron Giovanni y Mariangela.

—Claro. Se la presentó su padre.

Montalbano sufrió un ligero instante de imbecilidad.

—¿El padre de quién, perdone?

174

—El padre de Giovanni, el profesor Michele Strangio, el señor presidente de la provincia.

Quedaba claro que el profesor Strangio no le caía nada bien.

—¿Y el padre de Giovanni de qué la conocía?

—Era profesor en el liceo. De matemáticas. Mariangela había sido alumna suya. Cuando Giovanni y Mariangela se conocieron, ella hacía tercero.

—Entiendo —dijo el comisario.

—Lo dudo —replicó la muchacha, tan fresca y tranquila.

—¿A qué se refiere?

—A que cuatro meses antes el profesor había reiniciado con Mariangela una relación que ya venía de los tiempos del liceo.

Montalbano tuvo la sensación de que le bailaba la silla, como si percibiera el ligero temblor de un terremoto.

—Pero ¿está segura de lo que...?

—¿Quiere que entre en detalles? ¿Cómo y dónde fue la primera vez?

—¿Y nadie se enteró nunca de que...?

—¿Conoce usted al profesor? Es un hombre muy atractivo, viudo, muy seductor, habla como Dios, es cautivador. En cuanto se metió en política, hizo carrera.

—¿Qué edad tiene?

—Cincuenta y cinco o cincuenta y seis años. Aparenta menos.

—¿Y en el liceo nadie sabía nada?

—No. Se rumoreaba que el profesor tonteaba con las alumnas, pero todo se quedó en eso, rumores, chismes.

—¿Mariangela estaba enamorada de él?

—Un poquito, justo lo suficiente para que le pareciera correcto acostarse con él. A pesar de todo, cuando le presentó a su hijo, ella tuvo la impresión de que pretendía... Bueno, de que no era una presentación desinteresada, vamos... Quería, por así decirlo, traspasársela a Giovanni.

—¿Por qué no se rebeló?

—Mariangela tenía muchas virtudes, además de la belleza. Pero era un tanto... débil. Se dejaba llevar, sí, eso es.

—¿Y Giovanni por qué aceptó?

—Pero ¡comisario! Giovanni está completamente sometido a su padre, hace todo lo que le ordena sin titubear. Además, Mariangela era un bellezón. Los chicos perdían la cabeza por ella. Giovanni ha estado siempre, desde niño, bajo el dominio de su padre, que quería que se convirtiese en hijo suyo de verdad...

Otro leve temblor de terremoto.

—¿Por qué? ¿No es hijo del profesor?

—No, lo adoptaron a los cinco años. La mujer del profesor, que murió cuatro años después, no podía tener hijos. Y si Giovanni ha acabado así, bastante mal de la cabeza, ha sido por culpa de su padre, por cómo lo ha tratado siempre.

Fazio y Montalbano se miraron. Habían encontrado una mina de oro.

—Mire, quiero hacerle una pregunta a la que me gustaría que contestara con la misma franqueza con la que ha hablado hasta ahora. ¿Mariangela le había dicho que estaba embarazada?

—Sí.

—¿De Giovanni?

—No.

—¿Sabe de quién?

—Claro.

—¿Puede darme el nombre?

Antes de responder, Amalasunta soltó un largo suspiro.

—Comisario, en la universidad, Mariangela eligió Arquitectura y yo, Derecho. Me gusta mucho. Nada de lo que he dicho hasta ahora es relevante penalmente para nadie. Sin embargo, si le doy ese nombre, el panorama cambia por completo. Además, no creo que haya pruebas que puedan confirmar el nombre que le daría. Y Mariangela está muerta, nadie podrá pedirle que confirme si digo la verdad o no.

Amalasunta acabaría siendo una buena abogada, no cabía duda.

—¿El hijo era del hombre que iba a verla desde hacía cuatro meses cuando Giovanni estaba de viaje?

La muchacha no contestó.

—Hay un testigo ocular —la azuzó Montalbano.

—¿Y ha reconocido al hombre?

—En cierto sentido.

La joven reflexionó un poco.

—Creo que me está tendiendo una trampa. No voy a picar.

Era inteligente y hábil. Montalbano no contestó.

—¿Mariangela tenía otros amantes?

—No.

—Vamos a ver, ¿también se negaría a dar ese nombre delante de un juez? Se lo explico: usted estudia Derecho y ya debería saber que negarse a revelar ese nombre puede pasarle factura, y bastante cara.

—Lo sé.

—Así pues, se niega, deliberadamente, a darnos el nombre del asesino.

La compostura y la decisión de la muchacha se desvanecieron de golpe ante las palabras del comisario.

—Pero... ¿quién le dice que sea el asesino?

—Usted también sospecha que el amante de Mariangela, el que la dejó embarazada, es además su asesino. Sin embargo, como se trata de una simple sospecha, no tiene intención de darnos su nombre. Ahora bien, esa actitud suya me lleva a concluir que, si se tratara de una persona cualquiera, ya nos lo habría dicho sin más. Si no lo hace, es porque tiene miedo de las consecuencias.

La muchacha se limitó a bajar la cabeza y mirar el suelo.

—Porque se trata de una persona muy importante —continuó el comisario— que puede, si quiere, vengarse de usted. Lo entiendo, ¿sabe? Vamos a hacer una cosa. La dispenso de decir ese nombre.

Ella mantuvo la misma postura.

—Y tampoco voy a pronunciarlo yo —añadió Montalbano—. No es por miedo, sino porque aún no tengo pruebas.

Cuando las tenga, ¿estará dispuesta a confirmar el nombre que pronunciaré en voz alta, incluso delante de un tribunal?

Esta vez la joven levantó la cabeza y lo miró.

—En ese caso, sí —dijo.

—Gracias por todo. Puede marcharse.

El comisario se levantó y le tendió la mano. Amalasunta se la estrechó. Se despidió de Fazio y se dirigió hacia la puerta. La voz de Montalbano la detuvo.

—¿Puedo empezar la investigación con la hipótesis de que todo empezó porque se reavivó una pasión?

La muchacha se volvió.

—Sí —contestó, y salió del despacho.

—Fazio, ¿lo has entendido todo?

—Sí, claro. ¿Qué se cree que soy? ¿Tonto?

—Entonces ponte en marcha ahora mismo, aunque sea domingo. Telefonea, infórmate, remueve cielo y tierra. Y acuérdate de los *cannoli* de la señora Arnone.

Apenas había salido Fazio cuando sonó el teléfono directo. Era el jefe superior.

—Tenía la esperanza de encontrarlo ahí, Montalbano. He recibido una larga llamada telefónica del *dottor* Tommaseo, que me comunica que no está usted de acuerdo con la línea de investigación que le plantea. El *dottor* Tommaseo se decanta por una clara culpabilidad, mientras que usted tendría grandes dudas. ¿Es así?

No había mencionado ni una sola vez el nombre de Strangio. ¿Le daba miedo que el teléfono pudiera estar intervenido?

—No es que tenga grandes dudas, sólo me he permitido sugerir al *dottor* Tommaseo que siga también otras pistas.

—Pero ¿las hay?

—Mire, precisamente esta mañana, por pura casualidad, una señora me ha contado que había visto en varias ocasiones a un hombre que iba a ver a la chica de noche, coincidiendo con la ausencia de su novio. Incluso le vio la cara. —Hizo una pausa y luego disparó el embuste—: Un treintañero alto, elegante, que conduce un deportivo biplaza.

178

El jefe superior se quedó en silencio unos segundos. Sin duda, se la estaba jugando a cara o cruz. La detención de Giovanni Strangio comportaría complicaciones políticas enormes; la de un asesino cualquiera, en cambio, no implicaría ninguna molestia. Al contrario.

—A ver, Montalbano, vamos a hacer lo siguiente. Al *dottor* Tommaseo le asigno a Rasetti, y usted, mientras tanto, siga la pista de ese treintañero. Le doy autorización verbal, por descontado.

—Por descontado. Se lo agradezco, señor jefe superior.

Colgó y fue a buscar en el despacho de Fazio, entre todos los papeles que había firmado, a punto ya para ser expedidos, la transcripción de la grabación. Y por fin la encontró. Se la metió en el bolsillo.

Salió, cogió el coche y se fue a comer a la *trattoria* de Enzo. Desde luego, no podía quejarse de la cosecha de aquella mañana.

Después del almuerzo, dio el paseo habitual hasta el muelle y luego volvió a Marinella.

Se desnudó y se acostó. «Voy a descansar unos minutos», se dijo, pero no se despertó hasta que lo llamó por teléfono Fazio, a las cinco.

—*Dottore*, ¿puedo ir a verlo con el *dottor* Augello?

—Venid.

Apenas tuvo tiempo de ducharse y vestirse antes de que llamaran a la puerta.

—Como he pasado por comisaría y me he encontrado a Fazio, que me ha contado... En fin, he pensado que era mejor que lo acompañara —dijo Mimì.

Se sentaron en el porche. Hacía una tarde de domingo estupenda. Había mucha gente tumbada en la arena, disfrutando del sol.

—¿Queréis tomar algo?

—Nada, gracias —respondieron los dos a coro.

Sin pedir permiso, Fazio sacó un papelito del bolsillo.

—No son datos del registro civil —dijo para tranquilizar a Montalbano. Y luego se lanzó—: La mañana del día del homicidio, el presidente de la provincia tuvo una reunión que duró hasta la una, fue a almorzar, tuvo otra reunión hasta las cinco y luego dijo que se iba a casa a hacer la maleta porque tenía que viajar a Nápoles, a una reunión política.

—Habría que comprobar si... —empezó el comisario.

—Ya está hecho, jefe. Cogió el avión de las nueve en Punta Raisi...

—Pero habría tenido todo el tiempo del mundo para matar a Mariangela —intervino Mimì.

Montalbano, como si no lo hubiera oído, dijo:

—Habría que saber en qué hotel...

—Ya está hecho.

El comisario se levantó de golpe, se recostó en la barandilla del porche, respiró profundamente tres veces y consiguió que se le pasaran los nervios que le provocaba ese «ya está hecho». Volvió a sentarse.

—Se alojó en el Hotel Vulcano —añadió Fazio.

Si Fazio contestaba de nuevo que ya estaba hecho a la pregunta que iba a hacerle, Montalbano no se veía capaz de seguir controlándose. La formuló de una manera distinta:

—Y, naturalmente, te habrás informado ya de qué vuelo cogió Giovanni en Roma para ir a Nápoles a ver a su padre, que lo había llamado.

Augello puso cara de sorpresa, pero Fazio, por su parte, sonrió.

—Sí, señor. No cogió ningún vuelo, no consta. Lo que sí consta es que alquiló un coche potente en Avis, que devolvió a primera hora de la mañana en el aeropuerto de Fiumicino. Su amiga romana no ha dicho la verdad.

—Bueno, sea como sea, parece que el muchacho no vino a Vigàta a matar a la chica —concluyó Augello.

—Tú escucha —dijo Montalbano—. Las cosas, resumiendo, podrían haber sido así. Al profesor se le reaviva de pronto la pasión por Mariangela y reanudan la antigua relación. Pero la chica se queda embarazada y se lo dice a su amante. No quiere deshacerse del hijo, quizá incluso pretende que el hombre se case con ella. En caso contrario, promete montar un escándalo. La tarde en que tiene que irse a Nápoles, el presidente va a verla, tal vez para intentar convencerla una vez más de que aborte. Tienen una discusión violenta. El señor presidente pierde la cabeza, porque un escándalo como ése daría al traste con su carrera política, y la mata con un cúter que encuentra encima de la mesa. La acuchilla con odio. Luego le quita el albornoz, la coloca en una pose obscena para que parezca un delito pasional, coge el albornoz, sale, cierra la puerta de la casa, entra en el garaje por la puerta que da al jardín, mete el albornoz en el maletero y, desesperado, sale a toda velocidad hacia el aeropuerto después de llamar a Giovanni para citarlo en Nápoles. Cuando el hijo llega al hotel napolitano, se lo cuenta todo y lo convence para que lo ayude. Le promete los mejores abogados para la defensa. Y el chico, que no está en condiciones de negarle nada a su padre, acepta. El resto ya lo sabéis.

—Una buena reconstrucción —dijo Augello—. E incluso plausible. Pero no entiendo toda esa historia del albornoz.

—Ahora te la explico, Mimì. Cuando Strangio empieza a darle tajos con el cúter, la chica lo lleva puesto. Seguro que, en la refriega, él también se corta. Y, en consecuencia, un posible análisis de ADN sería una putada porque lo delataría. Por eso se ve obligado a llevárselo.

—Pero ¡el traje, la camisa y los zapatos de Strangio también tendrían que haber quedado empapados de sangre! —objetó Mimì.

—Claro. Por eso se cambió en el garaje y se puso la ropa que llevaba en la maleta para ir a Nápoles. A casa de la chica había ido con el equipaje ya hecho.

—Aun así, hay una cosa que se me escapa —terció Fazio—. ¿Por qué fue precisamente Giovanni el que nos mencionó el albornoz por primera vez?

—Resulta que Strangio padre lo deja en el maletero del coche al llegar a Punta Raisi. No lo tira por alguna pista de tierra de camino al aeropuerto, como hace con el cúter, porque un albornoz empapado de sangre habría llamado la atención de la policía o de los carabineros. Y tampoco tenía tiempo de pararse a enterrarlo. Encarga a su hijo que lo haga desaparecer nada más llegar a Palermo. Y el chico lo saca del maletero del coche de su padre y lo mete en el suyo. Pero no se deshace de él.

—¿Por qué? —preguntó Fazio.

—Porque, quizá por primera vez en su vida, cree que se arriesga demasiado si obedece a su padre. Ese albornoz, en caso extremo, puede ser su salvación. Y cuando se da cuenta de que no hay ni rastro de todos los abogados prometidos, empieza a tomar precauciones. Por eso nos habló del albornoz. —Y, sonriendo a Fazio, añadió—: ¿Qué te apuestas a que tengo razón?

—Se lo tengo dicho: yo no apuesto cuando estoy seguro de perder. ¿Las llaves del garaje las tiene usía?

—Sí, vamos dentro y te las doy.

—Déjeme también una bolsa de plástico bastante grande, para meterlo dentro.

Montalbano y Augello se sirvieron un whisky. En ir y volver, Fazio tardó unos veinte minutos.

—Está en el coche. ¿Qué hago con él?

—Lo llevas a comisaría y lo dejas bajo llave. Y ahora, ya que estamos, pasemos a otra historia, la del supermercado.

16

—A propósito —dijo Mimì—, a saber quién habrá enviado esa grabación a Retelibera. Puede que...

Fazio se puso a mirarse la punta de los zapatos.

—No la envió nadie, la llevé yo mismo —contestó Montalbano.

Augello dio un brinco en el asiento.

—¡¿Tú?! Pero ¿de dónde la has sacado?

—La encontramos Fazio y yo la otra noche, de chiripa, cuando fuimos al supermercado.

—¿Y a qué fuisteis?

—Pues la verdad es que no tenía una idea concreta.

—Pero esa grabadora... ¿por qué no se la entregaste al fiscal?

—Mimì, razona un poco. En primer lugar, porque entramos en el supermercado ilegalmente. En segundo lugar, porque el fiscal nos habría dicho que, antes de decidir qué se hacía, quería hablar con el fiscal jefe, luego con el delegado provincial, después con el obispo y, a continuación, con el embajador americano, y al final nos habría hecho saber que la grabación, al no tener valor de prueba en un proceso, había que destruirla.

Mimì no contestó. Y Montalbano les contó la suposición a la que había llegado; es decir, que la conversación precedente a la llegada de Mimì quizá tenía relación con el robo.

—Vamos a escucharla —propuso Augello.

—La grabadora se la dejé a Zito, pero esta noche han entrado ladrones en los estudios de Retelibera y lo único que se han llevado ha sido precisamente el aparatito en cuestión... Sin embargo, yo le había pedido a Zito que hiciera una copia, y ésa se la ha quedado él. Además, tengo aquí la transcripción que me hizo Catarella.

Entró en casa, cogió los papeles, buscó el que llevaba por título «Conversación con uno cuyo nombre no se *intiende*», y volvió al porche. Antes de empezar a leer en voz alta, le echó un vistazo. Enseguida vio que no era una conversación presencial, sino telefónica. Borsellino debía de haber puesto la grabadora de forma que captase también la voz de su interlocutor. Empezaba a hablar el propio Borsellino.

—¿Oiga? Soy Guido.

—Te había dicho que no me llamaras a este número.

—Perdone, pero se trata de una emergencia.

—Dime, pero date prisa.

—Esta noche han robado la caja del supermercado, que yo había...

—Sí, sí, sigue.

Ahí se producía una ligera turbación de Borsellino.

—Perdone, pero...

—¡Habla, por Dios!

—Pero ¿usted cómo se ha...?

—¡Continúa, haz el favor!

—Me gustaría saber qué tengo que hacer.

—¿Y me lo preguntas a mí?

—¿Y a quién si no? Usted es...

—A ver, haz lo que te parezca.

—¿Puedo llamar a la policía?

—¡Te he dicho que hagas lo que te parezca!

Y ahí acababa la conversación. Montalbano, Augello y Mimì se quedaron sin palabras, mirándose estupefactos y boquiabiertos.

—Perdone, *dottore*, ¿puede volver a leerlo? —pidió Fazio, recuperándose.

El comisario lo leyó todo otra vez, casi sílaba a sílaba. Luego dejó el papel en la mesita y dijo:

—Contrariamente a lo que nos contó, Borsellino sí había avisado a alguien del robo. Y ese alguien se lo quita de encima de inmediato. No le echa una mano, deja que se ahogue. De todos modos, para nosotros lo más grave es que Borsellino no era cómplice del ladrón, como habíamos creído desde el principio. Y, además, el que habla con Borsellino ya estaba enterado del robo antes de que se lo comunicara el director. ¿Estáis de acuerdo?

—Sí —dijo Augello—. Aunque no diga exactamente que ya estaba al tanto.

—Son palabras que se le escaparon con las prisas, pero Borsellino se dio perfecta cuenta de que el otro estaba en el ajo. Puede que fuera en ese momento cuando se olió la trampa.

—Pero, si era inocente, ¿por qué se nos puso a llorar? —preguntó Fazio.

—Por eso, precisamente. Porque había entendido que el robo era una maniobra para inculparlo delante de los Cuffaro. Estaba desesperado, hizo todo lo posible para que lo detuviéramos, que era la única vía de salvación que le quedaba, pero no le funcionó y nosotros lo dejamos en manos de sus asesinos.

—Pero no podíamos imaginarnos que... —empezó Augello.

—Nada, Mimì, no hay justificación. Me he equivocado desde un principio. Tendría que haber hecho caso de lo que dijiste tú, Fazio.

—¿Qué dije?

—¿No te acuerdas? Comentaste que cometer dos homicidios para encubrir al autor de un robo de menos de veinte mil euros te parecía desproporcionado. En realidad, todo este asunto debe de ser mucho más gordo.

—¿Y ahora qué hacemos? —preguntó Augello.

—Ahora tratamos de razonar con la cabeza fría —dijo Montalbano—. Una cosa está clara. La intención de los que lo han orquestado todo era que Borsellino pareciera cómplice del ladrón, de modo que nuestras sospechas lo empujaran al suicidio. O sea, querían cargárselo, pero sin que pareciera un homicidio. Pero la mafia mata y ya está, sin necesidad de montar pantomimas como ésa. Aquí, en cambio, hay una dirección refinada. Si han sido los Cuffaro, los guiaba una mente más sutil. En resumen, la pregunta es: ¿qué había hecho o dicho Borsellino para merecerse la condena a muerte? Fazio, ¿tú sabes cuánto tiempo hacía que llevaba el supermercado?

—Desde la apertura, hace tres años.

—O sea, que se trata de algo sucedido recientemente. Habría que enterarse de qué ha pasado.

—Lo intento —respondió Fazio.

Mimì se levantó.

—Yo tengo que ir a buscar a mi mujer para llevarla al cine.

—Yo también me voy —dijo Fazio.

—Ah, oye, Fazio. ¿Tienes el teléfono de Michele Strangio?

—Aquí no. En cuanto llegue a comisaría se lo digo.

Un cuarto de hora después, ya tenía el número.

Disfrutó del atardecer sin moverse del porche. Y, después del atardecer, disfrutó también de la primera oscuridad de la noche. Luego salió porque, al ser domingo, Adelina no había ido por allí y le tocaba cenar fuera.

Como tenía ganas de despejarse, decidió pasar por el restaurante que había en la playa de Montereale, a la orilla del mar, donde servían unos *antipasti* maravillosos y abundantes. Durante toda la cena, no dejó de pensar en Michele

Strangio. Su hijo nunca iba a decir la verdad, así que el señor presidente de la provincia se sentía a salvo y habría permitido tranquilamente que lo metieran en la cárcel. ¿Y él, Montalbano, podía quedarse callado delante de una historia tan sucia, tan repugnante? No, había que despertar al animal salvaje, hacerlo salir a cielo abierto.

Volvió a Marinella cuando ya eran más de las once, se desnudó, se puso cómodo, se sentó delante del televisor, pasó de un canal a otro hasta las doce y entonces puso Televigàta. El de la cara de culo de gallina estaba en plena acción.

«...a la redacción la noticia de que el jefe superior Bonetti-Alderighi ha retirado la investigación del asesinato de Mariangela Carlesimo al comisario Montalbano para dársela al *dottor* Silvio Rasetti. El relevo se ha producido a petición del fiscal Tommaseo, que se encontraba en grave desacuerdo con el comisario Montalbano. Por lo visto, nuestro célebre comisario no está completamente convencido de la culpabilidad de Giovanni Strangio, que esta tarde ha ingresado en prisión acusado de homicidio voluntario con agravantes. Desde aquí sólo podemos aplaudir tanto el reemplazo del comisario Montalbano como la orden de detención que el *dottor* Tommaseo se ha aprestado a emitir, con lo que se demuestra que la justicia nunca debe tener reservas, ni consideraciones políticas, ante un homicidio como el que han...»

Apagó. Ya estaba decidido. La noticia del encarcelamiento de Giovanni Strangio había servido para darle el último empujón. Pero en realidad ya sabía que iba a actuar así desde aquella tarde, desde la aparición del albornoz. Lo que tenía pensado no era, desde luego, una acción propia de un hombre honesto. Pero ¿cómo se quita la mierda de la calzada sin una pala y una bolsa? No hay más remedio que utilizar las manos y ensuciárselas.

Fuera como fuese, lo que tenía pensado hacer no podía hacerlo desde el teléfono de casa, era demasiado peligroso. Volvió a vestirse, cogió una pinza para la ropa del lavadero, un buen pedazo de miga de pan de la cocina y, del botiquín, un trozo de algodón y un rollo de gasa. Se lo metió todo en el bolsillo de la chaqueta, salió, subió al coche y se acercó al bar de Marinella, que tenía un teléfono en un cuartito apartado de la vista de los clientes. La persiana estaba a medio bajar. Había tenido suerte, el bar estaba cerrando. Tuvo que agacharse para entrar.

—Michè, tengo que hacer unas llamadas y no me funciona el teléfono.

—Llame tranquilo, ya he cerrado.

Y por discreción salió a tomar el aire.

Montalbano se puso la pinza en la nariz y probó la voz: le salía de lo más nasal. Perfecto.

Marcó el número de casa de Michele Strangio. Ya tendría que haber vuelto de Nápoles, pero si no lo cogía lo llamaría al móvil. Una voz masculina, resuelta e irritada, contestó al sexto timbre.

—¿Diga? ¿Quién es?

—¿El profesor Strangio, Michele Strangio, presidente de la provincia?

—Sí.

—¿Me da su dirección?

El otro se encendió como una hoguera.

—¿Y me llama a estas horas para pedirme...? Pero ¡¿cómo se atreve?! ¡Dígame quién habla!

—Quería mandarle un anónimo.

—¡Hágame el...! Si es una broma, mucho cuidado porque...

—Un anónimo sobre un albornoz manchado de sangre suya y de Mariangela Carlesimo.

Strangio no dijo nada. Se le habría cortado la respiración del susto. Montalbano colgó. Se quitó la pinza de la nariz, cogió la miga de pan y se la metió en la boca. Volvió a marcar el número y decidió que esta vez hablaría en dialecto siciliano.

—¿Diga? ¿Quién es?

Strangio tenía otra voz, ahora le temblaba.

—¿Oiga? Soy un amigo del que te ha llamado antes. A ver, ¿qué quieres que hagamos con ese albornoz? ¿Eh?

Y colgó de nuevo. Fue a la barra, escupió la miga, se puso el trozo de algodón delante de la boca y se envolvió la cara con la gasa.

La momia de Tutankamón. Marcó otra vez. Strangio contestó al instante.

—Por favor, se lo suplico...

—¿Cuánto estás dispuesto a pagar?

—Todo lo que quieras, tres millones, cuatro...

—Gilipollas, no me refería al dinero, sino a los años de cárcel.

Cortó la comunicación. Se quitó la gasa y el algodón y se los metió en el bolsillo.

Salió, dio las gracias a Michele y volvió a casa. Se preparó para acostarse. Sin duda iba a dormir como un bebé. Y tampoco cabía duda de que Michele Strangio iba a pasar una noche de mil demonios.

Un poco antes de las nueve, ya estaba en la comisaría, con buena cara, fresco como una rosa y descansado.

—Catarè, hazme una copia de esto —pidió mientras le entregaba la transcripción de la llamada de Borsellino al desconocido—. Pero quita el encabezamiento que pusiste, «Conversación con uno cuyo nombre no se *intiende*». Y luego encuéntrame un sobre dirigido a mí, pero sin membrete ni remitente.

Catarella se quedó pasmado.

—No he entendido nada, *dottori*.

Perdió diez minutos en explicarle lo que quería, pero, al cabo de cinco más, ya lo tenía todo encima de la mesa.

—Llámame al señor jefe superior.

El sobre estaba abierto, dentro había una carta de uno que denunciaba a su mujer por ponerle los cuernos. La sacó y, en su lugar, metió el papel con la conversación de Borsellino, tras doblarlo dos veces. Se lo guardó en el bolsillo. Sonó el teléfono.

—Montalbano al aparato, señor jefe superior. Tengo necesidad de departir con usted perentoriamente.

Lo de «departir» colaba; lo de «perentoriamente» quizá era demasiado exagerado.

—Yo también tengo que decirle algo, venga cuanto antes.

—¡Hemos ganado! —exclamó el jefe superior en cuanto lo vio entrar.

—Perdone, ¿a qué se refiere?

—Pues a que hace poco ha venido a verme el diputado Mongibello. ¡Y por iniciativa propia! Se ha excusado enseguida. Ha asegurado que había incurrido en un error. Que lo habían informado mal. Que hace enmienda de todo lo que ha dicho con respecto a nosotros. Y que, por medio del periodista Ragonese, hará una especie de retractación pública.

—O sea, ¿que no presentará la interpelación parlamentaria?

—Me ha asegurado que ya no sería oportuna.

Se avecinaba lo bueno. Pero era necesario andar con botas de buzo. Puso cara de inquietud.

—Claro que con Mongibello se abre otro frente... —dijo con voz de preocupación.

El jefe superior se preocupó al instante más que él.

—¡Ay, Dios mío! ¿Volvemos a estar como al principio?

—Creo que peor. Señor jefe superior, he cometido un gravísimo error.

—¿Con respecto al caso del supermercado?

—Sí. Usted sabe que siempre he creído que a Borsellino lo mataron por ser cómplice del robo. Pues resulta que me equivocaba.

—Pero ¿con qué cuenta para sostener que...?

—Con un anónimo, señor jefe superior. No es una carta propiamente dicha, sino la transcripción de un diálogo telefónico entre Borsellino y un desconocido, quizá alguien de los Cuffaro.

Sacó el sobre del bolsillo, extrajo el papel y se lo entregó a Bonetti-Alderighi, que lo leyó y se lo devolvió.

—Como ve, señor jefe superior, se deduce sin lugar a dudas que Borsellino no sabía nada del robo.

—¿Tiene idea de quién puede habérselo enviado?

—La misma persona que envió la grabación a Retelibera.

—Pero ¿quién nos garantiza que esa transcripción se corresponde con una conversación real?

—Los ladrones, señor jefe superior.

—¿Qué ladrones?

—Quizá no ha tenido oportunidad de ver la denuncia. El sábado por la noche, unos desconocidos entraron en los estudios de Retelibera y robaron una grabadora, la que contenía las conversaciones emitidas. Estoy convencido de que esta llamada transcrita precede ligeramente a nuestra llegada al supermercado.

—Será como dice usted, pero sin esa grabadora no tenemos una prueba como Dios manda. ¿Y me explica qué tiene que ver el diputado Mongibello?

Era lo único que le importaba al jefe superior y Montalbano le concedió esa satisfacción.

—Señor jefe superior, el punto de partida de todo este asunto es el robo en el supermercado. El ladrón entró con una llave confiada al consejo de administración de la empresa propietaria del propio supermercado. Ahora bien, resulta que el administrador delegado y presidente de esa empresa, toda ella formada por testaferros de los Cuffaro, es el diputado Mongibello. En esta historia, a mi parecer, está metido hasta el cuello.

Bonetti-Alderighi se puso a imprecar a media voz, se levantó, dio una vuelta a su despacho, volvió a sentarse, se levantó otra vez, dio media vuelta y se sentó.

—Tranquilidad, Montalbano, tranquilidad —dijo.

—Estoy tranquilísimo —respondió el comisario.

—Hay que andarse con botas de buzo...

—¿Con pies de plomo? Eso hago.

—Hace falta cautela, mucha cautela.

Montalbano, falso y disciplinado, contestó:

—Absolutamente de acuerdo con usted, señor jefe superior.

Bonetti-Alderighi estaba empapado en sudor. Sonó el teléfono. Cuanto más se alargaba la escucha, más se iba pareciendo el jefe superior a un cadáver.

¿Qué estarían contándole?

—Ahora mismo voy —dijo.

Fin de la llamada. Sacó un pañuelo y se secó el sudor.

—El presidente de la provincia, el profesor Michele Strangio, se ha pegado un tiro. Ha muerto. Se lo ha encontrado esta mañana la asistenta. Ha dejado una carta que exculpa a su hijo. En ella asegura que quien mató a esa estudiante fue él.

Montalbano se había quedado inmóvil, completamente perplejo. Fue entonces cuando al jefe superior, que esta vez lo miraba a los ojos, se le ocurrió la pregunta más inteligente que había hecho en su vida.

—Usted... sospechaba del presidente, ¿verdad?

Montalbano logró ponerse en pie y adoptar una pose de ofendido.

—Pero, hombre, ¿qué dice? Si hubiera sospechado lo más mínimo, me habría visto en la obligación de ponerlo al corriente de inmediato... El testigo me había hablado de un treintañero que...

—Tengo que irme —dijo el jefe superior mientras salía ya del despacho.

Montalbano volvió a sentarse. No era capaz de andar, tenía las piernas de plastilina. No había imaginado siquiera que sus llamadas pudieran surtir ese efecto. Lo habían acusado en falso de empujar a un hombre al suicidio y, ahora que en cierto modo sí lo había hecho, resultaría imposible que llegaran a acusarlo. Y tal vez fuera mejor así para todos.

. . .

Llegó a Retelibera, aparcó delante y entró. La secretaria no le sonrió. Parecía preocupada.

—El *dottor* Zito no está. Han venido dos carabineros a detenerlo. Me ha dicho que llamara al abogado Sciabica, y eso he hecho.

—Pero ¿sabes de qué lo acusan?

—Sí. El abogado ha llamado hace cinco minutos. El juez no se cree que hayan entrado a robar y sostiene que el *dottor* Zito lo simuló todo para no entregarle la grabación.

—¿Sabes quién es ese juez?

—Sí. Armando la Cava.

¡Pobre Zito! ¡No podía haberle tocado otro peor! La Cava era un calabrés con cabeza de calabrés; es decir, que cuando se empeñaba en algo por cojones, no había forma de hacerle cambiar de opinión, ni aunque se le apareciera Jesucristo en persona.

—En cuanto tengas novedades, llámame a la comisaría.

La noticia del suicidio de Michele Strangio le había quitado las ganas de volver a la comisaría. Salió hacia Vigàta, pero en un momento dado dio media vuelta, cogió la carretera de los templos y acabó andando entre los turistas japoneses que hacían fotos de cualquier cosa, incluso de las briznas de hierba. El largo paseo le abrió el apetito. Y entonces, dado que ya era una buena hora, se fue a la *trattoria* de Enzo. Comió sin hartarse, pero de todos modos dio su habitual paseo hasta el muelle. Al llegar a la comisaría, lo esperaban Augello y Fazio.

—¿Tú has tenido algo que ver con el suicidio de Strangio? —le soltó Mimì nada más verlo.

—¡¿Yo?! Pero ¿qué cosas se te ocurren? ¿Cómo iba a tener algo que ver?

Fazio lo miró, pero no dijo nada. Sin embargo, estaba claro que no se lo había tragado.

—¿Qué hacemos con el albornoz? —preguntó.

—Por ahora, guárdalo aquí. Si en la carta que ha dejado Strangio no dice nada, lo haremos desaparecer. ¿Queréis que sigamos donde lo dejamos ayer?

—*Dottore*, yo ni siquiera he ido a casa a almorzar —dijo Fazio.

—¿Qué te ha pasado?

—Me ha pasado que, al hacer cierta pregunta, me han dado una media respuesta que ha sido peor que una bomba.

Montalbano y Augello aguzaron el oído. Pero Fazio era todo un maestro en el arte del suspense. El comisario decidió no apremiarlo, dejarlo que disfrutara de su papel, como recompensa por no haber podido almorzar.

—¿Qué media respuesta? —preguntó en cambio Augello, menos generoso que Montalbano.

—Dos personas me han contado de mala gana algo de lo que nadie habla.

Hizo otra pausa teatral y luego disparó:

—Por lo visto, Borsellino fue víctima de un secuestro.

Montalbano y Augello se quedaron desconcertados.

—¡¿Un secuestro?! —repitieron los dos al unísono, pasmados.

A Fazio se lo veía encantado con el éxito que estaba consiguiendo.

—¿Sabes durante cuánto tiempo estuvo retenido? —preguntó Montalbano.

—Cuatro días.

—Un secuestro exprés —apuntó Augello.

—¡Mimì, a veces haces unos descubrimientos que ni Einstein!

—Modestia aparte.

—¿Se pagó rescate?

—Dicen que sí.

—¿A quién se lo pidieron?

—A los Cuffaro.

—¡¿A los Cuffaro?!

—¿Y a quién iban a pedírselo, *dottori*? Borsellino no tenía familia y creo que tampoco mucho dinero.

—¿Y los Cuffaro?

—Por lo visto, pagaron una cantidad importante sin la menor objeción.

—Naturalmente, se guardaron mucho de presentar denuncia, ni a nosotros ni a los carabineros.

—Naturalmente.

—¿Hay alguna hipótesis sobre los posibles autores del secuestro?

—En un primer momento se echó la culpa a los Sinagra, pero consiguieron demostrar que no tenían nada que ver.

—Vete tú a saber cómo lo hicieron —terció Mimì.

—Entre mafiosos esas cosas las pescan al vuelo —dijo Montalbano—. ¿Y entonces?

—Entonces no se sabe quién fue.

—Quizá unos desesperados que decidieron probar suerte y se salieron con la suya —aventuró Mimì.

—Pero, a ver, ¿qué dijo Borsellino del asunto?

17

—*Dottore*, yo sólo repito lo que se dice por ahí. Aquella tarde, Borsellino recibió una llamada para convocarlo al consejo de administración a las nueve de aquella misma noche. Estaba presente en su despacho un proveedor que luego repitió la historia a sus amigos. Decía incluso que Borsellino se había puesto a soltar tacos, porque no lo habían avisado con antelación y no tenía los papeles listos. Él, Borsellino, explicó más adelante que estaba volviendo a su casa, ya muy tarde, porque la reunión se había alargado, cuando se paró un coche a su lado. Por lo visto, bajaron dos hombres, lo agarraron y lo obligaron a subir al coche, que arrancó a toda velocidad. Luego le pusieron un algodón debajo de la nariz y perdió el conocimiento.

—¿No les vio la cara mientras lo retenían?

—Decía que estaban justo debajo de una farola apagada.

—¿Y cuando se despertó?

—No vio nada. Le habían vendado los ojos con un pañuelo y tenía las manos atadas a la espalda. También le ataron los pies. Lo único que oía eran perros y ovejas. Debía de estar en una casa de campo. Luego, al cuarto día, volvieron a ponerle el algodón debajo de la nariz y se despertó a la entrada de Vigàta.

—¿Tú te tragas ese secuestro? —le preguntó Montalbano.

—Sí y no. Con Borsellino, lo único seguro es que está muerto.

—A mí esa historia no me cuadra —dijo Montalbano—. Vete a saber si el secuestro se produjo de verdad.

—Trataré de informarme mejor —prometió Fazio.

—Explícame qué es lo que no te cuadra —pidió Mimì.

—Para empezar, la planificación del secuestro. ¿Cómo sabían los secuestradores que Borsellino iba a ir esa noche al consejo de administración? Y, luego, ¿por qué estaban dispuestos los Cuffaro a pagar una fuerte suma por la liberación de Borsellino? ¿Era un pariente cercano? No. Mientras no se demuestre lo contrario, era un simple director de supermercado. Y ellos, sin embargo, acaban pagando sin decir ni mu.

—¿Tú cómo te lo explicas? —preguntó Augello.

—Se me ha ocurrido algo. Habría que enterarse de quién era la mujer de Borsellino.

—Ya está hecho —dijo Fazio.

—¡Faltaría más! —se le escapó al comisario.

Fazio lo miró boquiabierto.

—Nada, nada, perdona, sigue.

—¿Puedo sacar un papel del bolsillo?

—Se le concede la venia —dijo el comisario entre dientes.

Fazio sacó media hoja doblada, la desplegó y empezó a leer.

—Caterina Fazio...

—¿Pariente tuya? —preguntó Montalbano.

—No, señor. Caterina Fazio, hija de Paolo y de Michela Giummarra, nacida en Ribera el 3 de abril de 1955, casada con Guido Borsellino. Fallecida en Vigàta por parada cardíaca el 7 de junio de 2001.

Volvió a doblar el papel y se lo guardó en el bolsillo.

Montalbano se puso hecho una furia.

—¡A mí qué coño me importa cuándo nació y cuándo murió! ¡Yo quería saber si era pariente de los Cuffaro!

—Ningún nexo de parentesco —declaró Fazio, tan tranquilo.

197

—Entonces, ¿qué motivo tenían los Cuffaro para pagar un fuerte rescate por alguien que ni siquiera era pariente lejano?

—A lo mejor le habían cogido cariño —propuso Mimì.

Montalbano no lo consideró siquiera digno de una mirada de soslayo.

—La única respuesta posible es que Borsellino no fuera un simple empleado, sino algo más. Pero... ¿qué podría ser? Fazio, me suena que me dijiste que en el supermercado lo colocó el diputado Mongibello. Y antes, ¿a qué se dedicaba?

—Era contable de los Cuffaro en algunos asuntos que tenían que...

Montalbano vio pasar por delante de sus ojos el sueño de la película americana, con la escena de la captura del contable de Al Capone resplandeciente en la magia del cinemascope, como decía la publicidad de antaño. Estaba claro que había tenido aquel sueño porque esa sospecha se escondía desde hacía tiempo en el fondo de su subconsciente, sin salir a flote.

—¡Contable! —chilló, y se puso en pie de un brinco, con los ojos como platos.

Fazio se quedó mirando al comisario mientras le iba apareciendo una arruga en medio de la frente.

A Mimì Augello, en cambio, le dio por reír.

—¡Cálmate, Salvo! ¿Por qué te pones así? Los contables no son una especie extinta, una cosa tan rara. Borsellino era contable, ¿y qué?

—¡Mimì, no te enteras de una puta mierda!

—Yo sí que lo he entendido —intervino Fazio.

—Entonces explícaselo tú al señor subcomisario, mientras yo me fumo un pitillo.

Se lo fumó en la ventana y, al terminar, volvió a sentarse.

—Si lo he entendido bien, ¿crees que Borsellino podía ser el contable único y general de todos los asuntos de los Cuffaro? —preguntó Augello.

—No es más que una hipótesis, Mimì, pero podría comprobarse. Y sería la única explicación de por qué pagaron el rescate los Cuffaro. No podían arriesgarse a perder a alguien tan importante para ellos, alguien que conocía bien todos sus secretos.

—Un momento, un momento. Si tan importante era Borsellino para ellos, ¿por qué se lo han cargado pocos meses después montando toda la pantomima del robo en el supermercado? —rebatió Augello.

—Porque, evidentemente, había pasado algo y ya no se fiaban de él —contestó Montalbano.

—¿El qué? ¿Qué motivo de sospecha podía haberles dado Borsellino?

La pregunta de Augello se quedó un rato sin respuesta.

Después, el comisario, con la sensación de que se le estaba recalentando el cerebro, dijo:

—Puede que fuera por el propio secuestro...

—Explícate mejor.

—Es posible que los Cuffaro acabaran haciéndose la misma pregunta que yo. Quizá se plantearon cómo se habían enterado los secuestradores de que Borsellino iba a participar en el consejo aquella noche. Fazio acaba de decir que se trataba de una convocatoria extraordinaria, hasta el punto de que Borsellino no tenía los papeles preparados. ¿Quién avisó a los secuestradores?

—¿Tal vez alguien del consejo de administración? —planteó Mimì.

—Lo descarto, porque, a estas alturas, los Cuffaro ya habrían identificado y hecho matar al cómplice. Fazio, ¿te consta que se hayan cargado a algún miembro del consejo?

—No, señor, están todos vivos.

—Es posible que... —empezó Montalbano, y se detuvo al momento.

—¿Es posible que qué? —lo espoleó Augello.

Pero el comisario estaba perdido en algún pensamiento. Se hizo un silencio. Y el teléfono aprovechó para sonar.

—*Dottori?* Está en la línea del *tilífono* la señorita *sicritaria* del *dottori* Mito, que dice que el *dottori* Mito acaba de volver ahora mismo.

Montalbano colgó y se levantó.

—Acompañadme. Vamos a Retelibera con el coche de Fazio.

—¡No tienes ni idea de lo cabrón que es ese La Cava! —exclamó Nicolò Zito—. ¡Como un perro obstinado que no suelta un hueso ni a garrotazos! ¡No había tu tía: estaba convencido de que me había inventado el robo! ¡Menos mal que tengo un buen abogado, si no aún estaría allí!

—¿Tienes la copia de la grabación?

—Veo que te interesan mucho mis vicisitudes. Gracias. Claro que tengo la copia. La he conservado siempre conmigo, incluso delante del juez. Pedí que la hicieran con una grabadora normal, porque tú la digital no habrías sabido utilizarla en la vida.

—Pues aprovecho para decirte que tampoco sé utilizar la normal.

Zito sacó del bolsillo una cinta de casete diminuta y se la entregó.

—¿Puedo pedirte otro favor? —preguntó Montalbano.

—Sí, con la condición de que no vuelva a acabar delante de La Cava.

—¿Esta cinta podemos oírla todos aquí mismo?

—Una horita sí que tengo. Pero me toca preparar el reportaje sobre el suicidio de Strangio. Es una noticia bomba, y tengo tres operadores que me han traído material fresco. En fin, ¿qué hay en esa cinta que sea tan importante?

—Una llamada telefónica entre Borsellino y un desconocido, poco antes de la llegada de Augello. Me gustaría que tú también la oyeras.

Zito sacó una grabadora de un cajón, metió la cinta y avanzó y retrocedió hasta que se oyó la voz de Borsellino, que decía: «¿Oiga? Soy Guido.»

—Ésa es —dijo Montalbano, que se la había leído y releído.

La escucharon en silencio.

—¿Puedo volver a ponerla? —preguntó Zito.

La escuchó una segunda vez con mucha atención.

—Es evidente que el hombre al que Borsellino comunica el robo ya sabía lo que había sucedido. Se traiciona sin querer —dijo. Luego se quedó pensativo unos instantes—. ¿Os cabreáis si la pongo otra vez más?

—¿Para qué? —preguntó Montalbano.

—Ahora te lo digo.

Después de oírla de nuevo, Zito se levantó.

—Acompañadme.

Fueron los cuatro a una sala abarrotada de cintas de vídeo. El periodista buscó durante un buen rato, eligió una y la metió en un reproductor que estaba al lado de un monitor, pero Montalbano lo detuvo.

—Nicolò, si me dices que vas a ponernos una entrevista con un diputado, te juro que te abrazo y te beso.

—¿Cómo lo has adivinado? —preguntó su amigo, sonriente.

Montalbano lo abrazó y lo besó. Era justo lo que buscaba.

Bastaron diez minutos para que a ninguno le quedara duda. La voz desconocida que hablaba por teléfono con Borsellino era la del honorable Mongibello.

—Hazme un favor —pidió Montalbano a Fazio al salir—. Acompaña a Mimì y luego vuelve a recogerme delante de la jefatura.

Tardó diez minutos en llegar a pie a la tienda que buscaba.

—Querría un móvil barato.

—Pues tiene suerte. Viene con una tarjeta de prepago con diez euros.

Abrió el escaparate, lo cogió y se lo enseñó.

—Sólo vale treinta euros.

—Muy bien.

—Necesito un documento —dijo el dependiente.

Montalbano se sorprendió. No sabía que fuera necesario. El otro se dio cuenta.

—¿No lleva el carnet de identidad encima?

—Sí, pero me lo he olvidado en el coche, que está aparcado lejos. Dejémoslo.

Pero el dependiente no estaba dispuesto a perder una venta.

—Si al menos se supiera de memoria el número del carnet...

—Ah, eso sí —improvisó Montalbano—. Es el 234-56309, expedido por el Ayuntamiento de Sicudiana a nombre de Michele Fantauzzo, via Granet, 23, Sicudiana.

El dependiente apuntó los datos.

—¿Me explica cómo funciona?

Recibidas las instrucciones, pagó, salió y se metió el aparato en el bolsillo izquierdo. En el otro llevaba una grabadora que le había prestado Zito, cuyo funcionamiento, después de que se lo explicaran una docena de veces, incluso había apuntado en un papelito. Y echó a correr hacia la jefatura de policía.

Lo primero que hizo al llegar a Marinella fue coger el listín telefónico y buscar un número que anotó en una hojita.

Luego entró en la cocina. Adelina le había preparado una ensalada de arroz con almejas, mejillones y trozos de pulpito. De segundo, fritura de calamares y langostinos. Puso la mesa en el porche y disfrutó de la cena.

A la espera de que dieran como mínimo las doce, se sentó en el sofá y encendió el televisor. Estuvo un rato viendo la película de Sordi que ponían y luego pasó a Televigàta. El cara de culo de gallina estaba acabando de hablar:

«...no ha dejado una carta, sino una nota que hemos tenido oportunidad de ver y en la que sólo están escritas estas palabras: "Mi hijo, Giovanni, no mató a Mariangela Carlesimo. Fui yo. Era su amante desde hacía tiempo. Discutimos y perdí la cabeza." Y luego su firma. Ahora nos vemos en el deber de aclarar por qué durante todo este tiempo hemos estado convencidos de la culpabilidad de Giovanni, el hijo. Este joven...»

Apagó y salió al porche con whisky y tabaco. Así pues, Michele Strangio no había dicho nada en su nota ni de las llamadas ni del albornoz. Al día siguiente ordenaría a Fazio que lo hiciera desaparecer.

A pesar de todo, lo que tenía previsto hacer le provocaba cierto malestar. Cuando, en su despacho, el jefe superior le había comunicado el suicidio del presidente, había experimentado un profundo sentimiento de culpa. Aunque no cabía duda de que su intención no era la de empujar a aquel hombre a matarse, sino la de levantar la liebre y forzarlo a dar un paso en falso, lo cierto era que en aquel momento su muerte le había pesado. Después, se había dicho que quizá él no había tenido nada que ver con lo sucedido. Una voz en la noche, anónima, había hablado con él. Una voz que podría haber sido perfectamente la de su propia conciencia. Era una justificación algo forzada, algo hipócrita, sí, aunque para un jesuita habría colado. Además, ¿de qué servía tener tantos escrúpulos con gente que no sabía ni dónde estaban los escrúpulos y no hacía más que eludir el castigo sacando provecho de su poder político? No, iba a hacer lo que había decidido. Y, si había funcionado la primera vez, tenía que funcionar también la segunda. Ya eran las doce y media. Montalbano se levantó, se acercó al teléfono fijo, cogió el móvil y con él llamó a su propio número. Sonó. Reconfortado por la prueba satisfactoria, decidió repetir con la grabadora, sin apartar los ojos del papel con las instrucciones. También esa segunda prueba salió bien. Entonces cogió una pinza del lavadero, se la puso en la nariz y marcó en el móvil el número que había anotado antes.

—¿Diga? ¿Quién habla? —preguntó la voz del diputado Mongibello.

Sin contestar, Montalbano empezó a reproducir la cinta manteniendo el auricular muy cerca. Al terminar la grabación, dijo:

—¿Te ha gustado? ¡No te sirvió de nada enviar a alguien a robar la grabadora!

—Pero... ¿quién habla? ¿Qué quiere?

—¿No entiendes lo que quiero?

—Habla claro.

—Cuando me dé la gana de hablarte claro, ya te enterarás.

Colgó antes de que el otro pudiera protestar. Se dio una ducha y se acostó.

Durmió a pierna suelta y cuando se despertó eran las nueve pasadas.

—Catarè, llama a Fazio —ordenó al entrar en la comisaría.

—Imposibilitado estoy, *dottori*, porque el mismo no se encuentra *in situ*.

—¿Sabes adónde ha ido?

—Sí, *dottori*, ha llegado a primera hora, luego ha salido otra vez y, al pasar por aquí delante, mientras me pasaba por delante de mí, me ha dicho que lo habían llamado a Montelusa de la susodicha jefatura.

¿Qué podían querer de Fazio en la jefatura?

—¿Y Augello está por aquí?

—No, señor, ha *tilifoniado* para decir que se retrasaba.

—Entonces que alguien te sustituya y ven tú a mi despacho.

—Inmediatísimamente, *dottori*.

Apenas se había sentado cuando ya entró Catarella.

—Cierra la puerta con llave y siéntate.

El telefonista cerró y se quedó, en posición de firmes, delante del comisario.

—Te he dicho que te sientes.

—No puedo, *dottori*, se me niegan las piernas por respeto a usía.

204

—Pues al menos descansa, que si no tengo la sensación de hablar con un títere.

Catarella adoptó la posición de descanso reglamentaria.

—Todo lo que voy a decirte ahora tiene que quedar entre tú y yo.

Catarella se tambaleó.

—¿Estás mareado?

—Ha sido un ligero *vírtigo, dottori*.

—¿Te encuentras bien?

—El hecho de que usía y yo tengamos un *sicreto* me da *vírtigo*.

Montalbano le dijo lo que quería. Catarella le explicó lo que tenía que hacer. El comisario le dio dinero y le pidió que fuera a comprar lo que necesitaba y lo llevara a Marinella, donde aún estaría Adelina.

Fazio se presentó hacia las once, con una cara tan larga que Montalbano se preocupó.

—¿Qué te pasa?

—Esta mañana me ha llamado el subjefe superior Sponses.

—¿Y ése quién es?

—El funcionario que lleva la Brigada Antiterrorista.

—¡Uf, qué pereza! ¿Quieren liarnos para algo?

—No, jefe. Me ha amonestado por seguir ocupándome del secuestro de Borsellino.

Fazio, que esperaba una reacción violenta del comisario, se quedó muy sorprendido: Montalbano se sonreía.

—Cuéntame qué te ha dicho exactamente.

—Me ha dicho que sabe que voy por ahí haciendo preguntas sobre ese secuestro y me ha prohibido continuar.

—¿Le has preguntado por qué?

—Sí, señor. Me ha contestado que era mejor que la cosa se olvidara. Que el suicidio de Borsellino había impedido la conclusión de determinado asunto y que, por tanto, cuanto menos se hablara de ello mejor.

—A ver si lo entiendo. ¿Sponses aún cree que Borsellino se suicidó?

—A mí me ha parecido que estaba convencido.

—Eso quiere decir que no ha hablado con el jefe superior. Y que la prohibición es una iniciativa independiente de la Brigada Antiterrorista.

—Eso es lo que he pensado también yo. Pero usía tiene que explicarme por qué ha sonreído de esa forma.

—Porque estaba convencido de que los que habían secuestrado a Borsellino eran los de la Brigada Antimafia, pero en realidad fueron los de la Antiterrorista. La diferencia no es ninguna tontería.

Fazio parecía totalmente desconcertado.

—No entiendo nada, jefe.

—A ver, Fazio, yo estaba seguro de que los únicos que podían tener interés en secuestrar a Borsellino eran los de la Antimafia. Creía que su intención era hacerse con los libros de contabilidad. Pero me preguntaba, y no conseguía encontrar la respuesta, cómo sabían que aquella noche Borsellino iba a reunirse con el consejo de administración.

—Pero ¡la incógnita sigue existiendo si los que lo secuestraron fueron los de la Antiterrorista!

—Qué va, la cosa cambia por completo. Pongamos que Borsellino se entera de que alguien de los Cuffaro ha entrado en contacto con terroristas. Con esa gente se pueden hacer buenos negocios. Por ejemplo, ofrecerles una base segura para sus operaciones. Sin embargo, se corren más riesgos que traficando con droga o cobrando el *pizzo* a los empresarios y extorsionando. Y, de hecho, con esa iniciativa Borsellino se asusta: una cosa es que te acusen de llevar la contabilidad de la mafia y otra que te imputen complicidad con banda terrorista. Sea como sea, el asunto llega a oídos de la Brigada Antiterrorista, que empieza, vete tú a saber cómo, a presionar a Borsellino. Y el hombre acaba cediendo y decide hablar. Pero para eso pide que le cubran las espaldas, hace falta una puesta en escena. La Antiterrorista le propone un falso secuestro en el momento oportuno. Un momento que decidirá el propio Borsellino. En cuanto lo convocan al consejo, avisa a Sponses. Durante esos cuatro días, se encuentran, hablan y quizá se ponen de acuerdo, aunque Borsellino pide tiempo para organizar una forma de mostrarles los papeles comprometedores. Se lo conceden. Y lo mejor es que, para que el secuestro parezca real, piden un montón de pasta a los Cuffaro. Sin embargo, en un momento dado la familia empieza a sospechar de Borsellino. Así que deciden cargárselo, haciendo que parezca un suicidio para no poner sobre aviso a la Antiterrorista. Sponses, sin querer, nos ha hecho un favor. Ha confirmado todas mis sospechas.

No le apetecía ir a comer, estaba demasiado nervioso. Aun así, dio igualmente el paseo hasta el muelle, que al menos le serviría para distraerse. Volvió a la comisaría a las tres menos cinco.

—¿Lo has comprado todo? —le preguntó a Catarella.

—Sí, señor *dottori*. He ido a una tienda de Montelusa, como quería usía, y luego lo he llevado todo a Marinella. Le devuelvo el cambio.

Cuando salió Catarella, Montalbano se levantó y cerró la puerta con llave. Volvió a sentarse y llamó por la línea directa a la centralita de la jefatura.

—Con el *dottor* Sponses, por favor. Soy Montalbano.

Para entretenerse, dio un repaso a la tabla del siete. En el siete por nueve, Sponses contestó sin darle tiempo de abrir la boca:

—Mire, Montalbano, no tenemos el placer de conocernos, pero si llama por esa historia del secuestro, le digo ya mismo que...

La tentación fue mandarlo a tomar por salva sea la parte. Pero el tal Sponses le hacía falta como el aire que respiraba.

—Llamo por otro motivo. ¿Podría dedicarme media horita?

—Espere un momento, que miro... Estoy un poco liado. Mañana por la mañana... ¿A las diez le va bien?

—Perfecto, gracias.

Colgó y marcó otro número.

—¿Nicolò? Montalbano al aparato. Necesitaría un favor.

—¡Uf! ¿En qué lío te has metido, Salvo? ¿Qué quieres?

—Si voy a verte, ¿me haces una entrevista?

—¿Y tú me escribes hasta las preguntas que debo hacerte?

—Has dado en el clavo.

—¿Y puede ser que pretendas que la ponga en las noticias de las ocho y media?

—Has vuelto a dar en el clavo.

—Ven puntual a las siete menos cuarto.

18

—*Dottor* Montalbano, lo hemos invitado a nuestros estudios para que tenga a bien aplicar su sagacidad policial a un caso del que hemos sido protagonistas. Como saben usted y nuestros espectadores, un desconocido nos hizo llegar hace unos días una grabadora digital propiedad de Guido Borsellino, director del supermercado de Vigàta, en la cual, entre otras cosas, estaban grabadas las conversaciones entre Borsellino y el subcomisario Augello, en primer lugar, y entre Borsellino y usted a continuación. Las emitimos. Sin embargo, aquella misma noche entraron en nuestras instalaciones unos ladrones que robaron únicamente, preste atención, únicamente, la grabadora digital. *Dottor* Montalbano, la primera pregunta es ésta: ¿quién podía tener interés en exculparlo de la acusación que se le había hecho de haber inducido al suicidio al pobre Borsellino?

—En mi opinión, habría que plantear la pregunta de otra forma. ¿Quién podía tener interés en desmentir a las personas que habían puesto en circulación las acusaciones contra mí y el subcomisario?

—¿Hay diferencia?

—Mucha. El envío de esa grabadora no fue un gesto a mi favor, sino un acto de hostilidad contra quien sostenía la tesis del suicidio inducido.

—¿Y quiénes podrían ser los que nos la enviaron?

—Advierto que mis opiniones son personales. Para empezar, creo que se trata de personas próximas a Borsellino, personas que sabían que en ocasiones utilizaba esa grabadora. Por lo tanto, me parece que se trata de una especie, ¿cómo le diría?, de quinta columna que pretende sacar el máximo beneficio del supuesto suicidio de Borsellino.

—¿Por qué dice «supuesto suicidio»?

—Porque albergamos serias dudas de que se tratara de un suicidio.

—¿Puede facilitarnos algún detalle?

—Lo lamento, la investigación está en curso.

—Pasemos a otra pregunta: ¿por qué robaron la grabadora, en su opinión?

—Muy probablemente, porque ese aparato contenía otras conversaciones. Tal vez alguna de ellas serviría para demostrar que en el presunto suicidio estaban implicadas personas completamente insospechadas. En resumen, quien les mandó la grabadora no es el mismo que se la robó. De todos modos, esa sustracción me parece una acción inútil y estúpida.

—¿Por qué dice eso?

—Porque estoy firmemente convencido de que quien le envió la grabadora de Borsellino hizo antes una copia de todo su contenido. No se quedaría con las manos vacías. Es el *modus operandi* típico de los chantajistas.

—¿Cree que, después del falso suicidio, existe la posibilidad de que chantajeen a quienes lo ordenaran?

—Es muy probable.

—Le damos las gracias, *dottor* Montalbano, por haber aceptado nuestra invitación y haber contestado a nuestras preguntas.

—Gracias a ustedes.

De camino a Vigàta, le entraron ganas de ponerse a cantar en voz alta. Sin duda alguna, la entrevista, con sus entradas y salidas, con su decir y no decir, provocaría algún que otro dolor de cabeza a los Cuffaro. Pero, desde luego, quien más se asustaría sería el diputado Mongibello al entender que, entre las «personas completamente insospechadas» implicadas en el falso suicidio, el comisario quizá lo incluía a él. Ahora tendría la impresión de estar entre dos fuegos: por un lado, la persona que lo había llamado por teléfono para hacerle escuchar la grabación, y por el otro, la policía. En aquel momento le habrían entrado ya sudores fríos, a la espera de la segunda llamada de los chantajistas.

Volvió a la comisaría y se encerró con Catarella en su despacho.

—Vuelve a explicarme cómo funciona este trasto.

A la segunda explicación, dijo:

—Será mejor que lo escriba.

Lo anotó en medio folio y se lo metió en el bolsillo.

Luego se escapó a Marinella para ver la entrevista.

Zito estuvo muy bien: la emitió al final de las noticias, tras haberla anunciado al principio con toda solemnidad.

A Montalbano no le cabía la más mínima duda de que había que contar entre los espectadores al diputado Mongibello, que a esas alturas tendría ya la presión arterial por las nubes.

Puso la mesa en el porche, saboreó la pasta 'ncasciata y el pez espada, y luego entró y se puso a buscar una buena película.

Descubrió que ponían *Teniente corrupto* y la vio entera. A las once y media se levantó, sacó del bolsillo las instrucciones que había escrito en la comisaría, se las leyó de cabo a rabo dos veces, luego cogió la grabadora que había mandado comprar a Catarella y la enchufó a la corriente.

Después abrió una cajita que también le había comprado el telefonista y extrajo su contenido. Se trataba de un cable que, en un extremo, tenía una especie de ventosa y, en el otro, una clavija. Siguiendo las instrucciones, pegó la ventosa al móvil y conectó la clavija a la grabadora.

Ya tenía el instrumental a punto, pero antes debía comprobar si funcionaba, si lo había hecho todo bien.

Llamó a Livia con el móvil y al instante pulsó el botón rojo que había encima de las letras «REC».

—Hola, Livia. Te llamo ahora porque me duele un poco la cabeza y voy a acostarme enseguida.

Hablaron cinco minutos y luego se dieron las buenas noches.

Montalbano colgó, pulsó el botón que hacía retroceder la grabación y luego el verde. Y al instante oyó su propia voz. ¡Coño! ¡Lo había grabado todo! ¡Milagro! ¡Funcionaba a la perfección!

Fue a lavarse la cara y volvió a sentarse a la mesa. Cerró los ojos un momento para repasar lo que tenía que hacer, todos esos líos tan complicados de grabadoras, videocámaras y ordenadores no se habían hecho para él. Se levantó, se puso la pinza en la nariz, se sentó otra vez y marcó el teléfono de Mongibello mientras encendía la grabadora.

—¿Diga? —contestó el diputado, que debía de estar con la mano pegada al auricular.

Empezó a reproducir la copia de la grabadora digital.

«¿Oiga? Soy Guido.»

Dejó que avanzara un poco y luego la paró.

—¿Has entendido quién soy?

—Sí.

—¿Quieres que lleguemos a un acuerdo?

—Sí.

—Te hago una propuesta razonable. Dos millones.

—Pero...

—Nada de peros. Dos millones. Mañana a las doce de la noche, en la vieja caseta del guardagujas de Montereale. Ven solo. Si apareces con uno de tus amigotes de los Cuffaro, no me verás el pelo y enviaré la grabación a Retelibera. Deja el dinero delante de la puerta de la caseta y lárgate.

—¿Y la grabación?

—Te la mando.

—Pero ¿cómo puedo estar seguro de que...?

—Tienes que fiarte. Y cuidadito, que si me llevas billetes marcados puedes darte por muerto. ¿Me has entendido?

—Sí.

Colgó. Rebobinó la cinta y pulsó el botón verde.

—¿Diga? —dijo la voz de Mongibello.

—¿Oiga? Soy Guido.

Por seguridad, lo escuchó todo hasta el final. Cuando fue a meterse en la cama, se dio cuenta de que aún llevaba la pinza en la nariz.

Llegó a la comisaría a las ocho y media y enseguida se encerró en su despacho con Catarella.

—Hazme una copia de todo.

—Pero, *dottori*, ¡para copiar lo que hay en una y en otra vendría a hacernos falta una tercera grabadora!

—¿Sabes si en comisaría hay alguien que...?

—El *dottori* Augello debe de tener una.

—Ve a ver.

Catarella regresó triunfante con una grabadora y una cinta nueva.

Cuando terminaron, mientras Catarella devolvía el aparato a Augello, Montalbano guardó la cinta en un cajón y lo cerró con llave.

Luego se fue a Montelusa con toda la calma del mundo.

A las diez menos cinco entró en la jefatura por la puerta de atrás, para evitar cruzarse con el *dottor* Lattes, que sin lugar a dudas habría informado al jefe superior.

Pidió a un vigilante que le explicara dónde estaba el despacho de Sponses y al llegar llamó a la puerta, que estaba cerrada.

—Adelante.

Entró, Sponses se levantó y se acercó a él con la mano tendida. Era un cachas de unos cuarenta años, ojos claros y aire decidido. A Montalbano no le resultó antipático.

—Siéntate. Mejor nos tuteamos. ¿Por qué querías verme?

El comisario sacó del bolsillo izquierdo la grabadora con la copia de la llamada de Borsellino a Mongibello.

—Se trata de una llamada telefónica, muy breve, que te ruego escuches atentamente.

La reprodujo. Al terminar, Sponses preguntó:

—¿Quién es el otro?

Había reconocido perfectamente la voz de Borsellino y no había disimulado. Empezaban bien.

—El otro es el diputado Mongibello, que, como sin duda sabrás, es el presidente de la empresa...

—...propietaria del supermercado, empresa compuesta por testaferros de los Cuffaro. Como ves, lo sé todo. Es cierto que esta llamada aporta un nuevo elemento interesante. Por lo visto, Mongibello estaba al corriente del robo antes de que se lo comunicara Borsellino. Pero, aparte de ese detalle, la conversación significa como mucho que ni tú ni tu subcomisario empujasteis a Borsellino al suicidio, sino que fue Mongibello, que lo dejó tirado sin contemplaciones.

—Sólo que Borsellino no se suicidó, se lo cargaron.

A Sponses le cambió la cara.

—¿Tienes pruebas de eso?

—Indirectas —contestó Montalbano—. ¿Sabes que una televisión local recibió de un desconocido una grabadora digital con...?

—Lo sé todo.

—¿Sabes que la misma noche de la emisión robaron la grabadora?

—No lo sabía.

—Me quedé con la duda de por qué lo habrían hecho, teniendo en cuenta que nuestras conversaciones con Borsellino ya habían salido a la luz. La única respuesta posible era que tenía que haber forzosamente algo más. Por suerte, el director de la cadena había hecho una copia de todo el contenido de la grabadora. Y me la dio. Ahí encontré la llamada que te he puesto. Mira, Sponses, si Borsellino se hubiera suicidado de verdad, esa llamada no habría tenido especial importancia. En cambio, si a Borsellino lo suicidaron, Mongibello, al dejar escapar que estaba al corriente del robo, revela que estaba informado de un plan más amplio, es decir, de la eliminación de Borsellino, al que mataron porque los Cuffaro habían descubierto que estaba en contacto con vosotros. No se quedaron convencidos del secuestro que orquestasteis, investigaron, descubrieron algo y montaron ese falso suicidio con el supuesto motivo de su complicidad en el robo del supermercado. Y todo eso para no despertar la sospecha de que habían destapado los contactos de Borsellino con vosotros. Al parecer, también se vio metido en esto un pobre guardia jurado que tuvo la mala pata de pasar por delante de la tienda mientras entraba el falso ladrón.

Sponses no dijo nada, se levantó, se acercó a la ventana con las manos en los bolsillos y miró el exterior. Luego volvió a sentarse.

—A ver, Montalbano, tu hipótesis tiene sentido. Pero no es más que una hipótesis, ¿entiendes? Delante de un juez, no será posible defender la complicidad de Mongibello basándose exclusivamente en esa llamada telefónica.

—Esa cuestión ya la había previsto —contestó el comisario.

Sacó del otro bolsillo de su chaqueta la grabadora con su llamada a Mongibello y la dejó encima de la mesa al lado de la otra, pero antes de apretar el botón dijo:

—Tengo que aclarar que antes de esta conversación hubo otra, no grabada, en la que un desconocido hacía escuchar al diputado la grabación de la llamada que había recibido de Borsellino y le decía que pronto tendría noticias suyas.

—Un momento, un momento —dijo Sponses—. ¿Y tú cómo lo sabes?

—Si escuchas la cinta, lo entenderás tú solo.

Y la reprodujo. Al final, Sponses tenía la cara roja como un pimiento. Era evidente que lo que acababa de oír lo había impresionado.

—¿Sabes quién es el chantajista?

—Sí. Yo.

Sponses dio un respingo, como si se hubiera sentado encima de una mina.

—Pero... ¡eso es completamente ilegal!

—¿Ah, sí? Y el falso secuestro de Borsellino que vosotros os sacasteis de la manga era legalísimo, ¿no? Vosotros recurrís con frecuencia a sistemas que están fuera de la legalidad para combatir el terrorismo. ¿Ahora vienes a reprocharme que yo utilice los mismos métodos? Sponses, te lo estoy poniendo en bandeja. El hecho de que Mongibello haya aceptado pagar es un reconocimiento implícito de su culpa. Y que no haya denunciado el chantaje es una confirmación más. Piénsalo.

Sponses reflexionó un poco y luego respondió:

—No puedo decidirlo solo, como comprenderás. Déjamelo todo. Te llamo yo, como muy tarde a las tres. ¿Te parece?

—¿Con quién vas a hablarlo?

—Con mis superiores y con el juez.

—¿El juez? ¿Quién es?

—La Cava.

Mejor no podía salir.

—Tienes que darte prisa, la cita es a las doce de esta noche. Ah, te lo digo sólo por si acaso: de todo lo que te dejo tengo copia.

—Ni lo dudaba —replicó Sponses.

La llamada de Sponses se produjo a las tres en punto. Desde que había vuelto de hablar con él, Montalbano no había abandonado la comisaría. Esperaba la respuesta con tantos nervios que ni siquiera le había entrado hambre.

—Ven ahora mismo.

Corrió como nunca con el coche y hasta subió a toda prisa la escalera que llevaba al despacho de Sponses. Llegó sin aliento.

—Cuéntamelo todo.

—Una noticia buena y una mala.

—Empieza por la mala.

—La Cava no juega. Asegura que no puede desplegar una acción legal cuyo punto de partida es una acción ilegal, o sea, tu chantaje. Pero me ha dado un buen consejo.

—¿Cuál?

—Que olvidemos los dos, es decir, La Cava y yo, que hemos hablado.

—¿Y ese consejo te parece bueno?

—A ver, no ha dicho que no hiciéramos la operación. Sólo ha dicho que no quiere oír hablar del tema por adelantado. En cambio, si se lo damos todo hecho, todo menos el chantaje, justificando adecuadamente que no lo habíamos avisado antes... yo qué sé, porque no nos daba tiempo, actuará en consecuencia sin hacernos demasiadas preguntas comprometedoras.

—Entendido. La historia de mi chantaje tenéis que hacerla desaparecer. ¿Y la buena noticia?

—Mis jefes han decidido llevar a cabo la operación de todos modos.

—¿Y con qué sustituís mi chantaje?

—Con un soplón que nos ha informado de que al diputado le hacía chantaje un desconocido, etcétera, etcétera. ¿Está claro?

—Clarísimo.

—Una última cosa. Quizá para ti la peor. Tú no estarás en el operativo.

Se lo esperaba. Se habría jugado las pelotas a que iban a pedirle que pagara ese precio.

—¿Tengo que quedarme al margen?

—Eso es. Desde este momento, todo pasa a nuestras manos.

—¿Se puede saber por qué?

—Porque, para actuar, en tu caso estarías obligado a solicitar una autorización previa al fiscal, que, por tratarse de un diputado, tendría que informar al subsecretario, que tendría que advertir al ministro...

Montalbano tragó bilis.

Sin embargo, Sponses tenía razón, cuantos menos políticos se implicaran en el asunto, mejor. Eran capaces de echar a perder todo el trabajo.

—Lo he entendido perfectamente. De acuerdo. Como queráis.

Se levantó para irse.

—Gracias por todo —dijo Sponses—. Me alegro de haberte conocido.

—Y yo. Ah, quería avisarte de algo. Seguro que Mongibello ha hablado del chantaje con los Cuffaro. No acudirá solo. Me imagino que los Cuffaro se habrán propuesto entrar en acción en cuanto el chantajista vaya a retirar el dinero.

—Pero... ¡si lo matan no podrán conseguir la grabación!

—No creo que su intención sea matarlo, yo diría que quieren secuestrarlo para torturarlo hasta que les diga dónde la ha escondido.

—Gracias por la advertencia.

—¿Me haces un favor? ¿Me llamas esta noche a casa después de la operación?

—Sin falta. Dame tu teléfono.

¿Cómo iba a matar esas horas, si no tenía ningunas ganas de comer? Después de la visita a Sponses, se encaminó directamente a Marinella, se desnudó y se metió en el mar. El agua estaba helada. Estuvo nadando hasta perder las fuerzas y el sentido del tiempo. Luego volvió a casa y se sentó en el porche con el tabaco y el whisky bien a mano. La botella estaba a medias y se la pimpló toda.

Luego entró y se sentó en el sofá. Se puso a ver una película de espías de la que, como de costumbre, no entendió nada. A continuación se pasó a una romántica que transcurría en la India. A mitad de la tercera película, una de samuráis, se quedó dormido.

Lo despertó el teléfono. Miró el reloj. Las tres y media de la madrugada. ¡Coño, qué tarde! Corrió hasta el aparato. Era Sponses.

—Perdona que llame a estas horas, pero hemos tenido un buen follón.

—¿Y eso?

—Pues mira, estábamos apostados y hemos visto llegar a Mongibello con un maletín. Lo ha dejado en el suelo, delante de la puerta de la caseta, y en ese momento hemos oído un tiro y Mongibello se ha desplomado. He salido corriendo hacia él y mis hombres se han lanzado hacia el punto del que procedía el disparo. Sólo han encontrado una carabina de precisión provista de infrarrojos. Han utilizado a un tirador experto. Mongibello ha muerto en el acto.

—Por lo visto, los Cuffaro, al creer que era un punto débil de la organización, o incluso un traidor, han decidido eliminarlo.

—Pero ¡se quedan sin la grabación!

—¡A ésos la grabación se la trae floja! ¡No se menciona su nombre! Dirán que era un asunto de Mongibello y que ellos no sabían nada. ¡Se harán los suecos! En fin, ¿vosotros cómo habéis decidido actuar?

—Ahí ha empezado todo el follón, precisamente. No hemos tenido más remedio que informar al ministerio. Alguien ha llamado a La Cava para sugerir que lo hiciera pasar por un accidente de caza. Pero él les ha dicho que se equivocaban de persona. Les ha contestado que los muertos, al menos de momento, no gozan de inmunidad parlamentaria, y que por eso pensaba tratar este caso como lo que era, un homicidio, y dar la vuelta a la vida de Mongibello como a un calcetín. Para empezar, quiere averiguar por qué había salido el diputado de picos pardos por un lugar tan apartado como aquél, a las doce de la noche, cargado con un maletín con dos millones de euros falsos.

—¡¿Falsos?!

—Sí, aunque hechos con una habilidad de padre y muy señor mío. Supongo que Mongibello se los había pedido a los Cuffaro y ni siquiera sabía que eran falsos. Sea como sea, estoy seguro de que La Cava, por su parte, se las hará pasar moradas a los Cuffaro. Y nosotros le echaremos una mano.

A Montalbano, dejando a un lado el empleo excesivo de frases hechas por parte de Sponses, aquellas palabras lo reconfortaron.

—Gracias —dijo.

—Gracias a ti y buenas noches.

Le había entrado un hambre de lobo. Puso la mesa en el porche y fue a echar un vistazo a lo que había en la nevera.

Adelina le había preparado platos casi vegetarianos: unas berenjenas a la parmesana que quitaban el hipo del aroma que desprendían y una ensalada que tenía de todo, desde lechuga hasta aceitunas negras, patatas y pepino.

Se sentó fuera.

La noche estaba oscura, pero serena. A lo lejos, sobre el mar, se veía algún que otro candelero encendido.

Mientras se llevaba el tenedor a la boca por primera vez aquel día, Montalbano pensó que, en resumidas cuentas, las cosas no podían haber salido mejor.

Nota

Esta novela se escribió hace varios años. Por consiguiente, el lector atento que observe crisis de vejez más o menos acentuadas, peleas con Livia más o menos contextualizadas y otras cosas por el estilo no deberá enfadarse con el autor, sino con las artimañas secretas de los planes editoriales. Los nombres de los personajes y de las empresas, las situaciones y los ambientes son fruto de mi fantasía. Lo hago constar para evitar equívocos.

A.C.